Mein verborgenes Verlangen

Katrin Sonnenstrahl

Mein verborgenes Verlangen

Impressum:

©2025 – Katrin Sonnenstrahl

Titelbild und Rückseite:

Fotos/Bilder:

Dating 1
Dating 2

©2025 – Privatarchiv Katrin Sonnenstrahl

Weitere Mitwirkende:

Verlag:

BoD · Books on Demand GmbH,
In de Tarpen 42, 22848 Norderstedt, bod@bod.de

Druck:

Libri Plureos GmbH
Friedensallee 273, 22763 Hamburg

ISBN: 978-3-7597-9597-7

1

Ich liebe München. Das ist meine Stadt. Hier bin ich geboren, hier lebe ich, hier fühle ich mich wohl. Na ja, bis auf eine Sache. Eine wichtige Sache. Ich habe leider bislang nicht den richtigen Mann gefunden, an dessen Seite ich alt und grau werden möchte. Oder zumindest guten Sex habe.

Ich weiß nicht mehr ganz genau, wann die ersten Gedanken an eine Affäre an mir vorbeischlitterten. Vermutlich war es an einem dieser regnerisch kalten Herbsttage, an denen ich, so wie heute, über die glänzenden Pflastersteine des Viktualienmarkts schlenderte und beiläufig dem geschäftigen Treiben der Marktleute zusah. Der Gedanke an guten, innigen Sex mit einem Affären-Mann hat mich seither nicht mehr losgelassen.

Immer wieder muss ich an die enttäuschende letzte Nacht denken. Die wievielte in Folge? Ich habe aufgehört zu zählen.

Seit etwas mehr als drei Jahren bin ich mit Alexander liiert. Er ist gut aussehend, eloquent und immer charmant. Zumindest, wenn wir mit Freunden unterwegs sind. Alex ist dann gerne ein kleiner Star, der sich im fiktiven Scheinwerferlicht auf einer gedachten Bühne vor unserem Freundeskreis präsentiert und mit Wortwitz auf allgemeinen Applaus hofft. Er ist ein Sonnyboy, ein Gentleman, ein Mr. Good-looking und sexy-nice-guy und zudem ein geborener Alleinunterhalter. Von manchen Mädels erhalte ich des Öfteren neidische Blicke. Ein gutes Gefühl für eine sexuell vernachlässigte Mittvierzigerin.

Schlussendlich ist alles leider nur noch Fassade. Der Schein trügt und der Lack des Öffentlichkeits-Casanovas ist in unserer Beziehung längst abgeblättert. Gott sei dank habe ich bislang allen Bemühungen seinerseits, eine gemeinsame Wohnung zu nehmen, widerstanden. Es war wohl so etwas wie der berühmte unterbewusste siebte Sinn, der mich stets an meiner eigenen kleinen Wohnung festhalten ließ.

Als es zwischen Alex und mir funkte, war es natürlich komplett sinnfreier Luxus, in einer Stadt wie München zwei Wohnungen zu haben und auch zu unterhalten. Wir hingen permanent zusammen und hätten uns locker eine der beiden Mieten sparen können. Eines Tages waren die Schmetterlinge im Bauch weggeflogen und keine neuen geschlüpft. Anders ausgedrückt, mit der Zeit kehrte der Alltag ein. Ich fand bei Alex Seiten, die er gut verbergen konnte. Und so war ich auch mal froh, mich in meine Wohnung zurückziehen zu können, um gelegentlich ein paar Tage für mich allein zu haben.

Heute bin ich sehr glücklich über mein kleines Reich. Wenn ich nach einem Alex-Wochenende wieder zu Hause bin, fühle ich mich zwar einsam, aber frei.

Kalter Wind schlägt mir ins Gesicht. Mich fröstelt es. Der nächste Regenschauer kündigt sich an. Ich klappe den Kragen meines Mantels nach oben und gehe etwas schneller.

Wenn ich eine Affäre hätte, würde mich der Gedanke an den Mann von innen wärmen und mir ein Lächeln ins Gesicht zaubern? Würde er mich aus dem tristen Alltag für ein paar Stunden entführen und mich in eine Welt mitnehmen, die ich vermisse, obwohl ich sie nie so wirklich kennengelernt habe? Was wäre, wenn ich mich hoffnungslos in ihn verlieben würde? Hätte das Zukunft?

Auf dem sonst so belebten Viktualienmarkt ist heute nicht viel los. Umso intensiver atme ich die tausend unterschiedlichen Gerüche ein, die von jedem Stand individuell ausströmen und das Schlendern und Einkaufen zum Erlebnis machen.

Hier herzhafter Käse, Kräuter und mediterrane Spezialitäten, dort Knoblauch und Oliven und von einem Stand weiter ein Hauch von gegrillter Ochsenbrust und wiederum ein paar Meter weiter duftet es nach frischem Kaffee.

Das trübe Grau des Tages bekommt am Blumenhäuschen etwas Farbe und die freundlich grüßende Verkäuferin entlockt mir ein Lächeln. Spontan beschließe ich, ein paar Blumen zu kaufen, um mir selbst eine kleine bunte Freude zu schenken.

Mit einem: „Blumen sind bei diesem Wetter der Sonnenschein des Herzens", verabschiedet mich die nette Dame und schiebt meinen Geldschein in eine große schwarze Lederbörse, die mit geübtem Griff irgendwo unter ihrer Schürze verschwindet.

Dieses kleine Stück zwischenmenschlicher Wärme setzt sich augenblicklich in mir fest und stärkt den Wunsch nach Nähe. Urplötzlich keimt es wieder auf, dieses unbändige Verlangen. Ich schlucke, verspüre Sehnsucht nach etwas nicht Greifbarem, sage: „Danke" und gehe weiter.

Vor der Peterskirche sitzt ein alter Mann und entlockt seiner ebenso betagten Ziehharmonika, passend zum Wetter, eine traurige Melodie. Sie erinnert mich sofort an den gestrigen Abend.

Ich hatte mir so viel Mühe gegeben. Wir waren in Alexanders Wohnung. Es gab *Coq au vin* und dazu eine Flasche *Château La Croix Romane*. Den Wein habe ich für knapp 20 € bei Jacques' Wein-Depot bewusst für diesen Abend gekauft. Es sollte die besondere Flasche zum besonderen Abend werden.

„Er gehört zu den Sehnsuchtsweinen vieler Bordeaux-Liebhaber", wurde mir gesagt und als ich das Wort *Sehnsucht* hörte, sagte ich: „Den nehme ich!"

Ich weiß nicht, woran es lag. An und für sich ist Alexander ein Liebhaber von gutem Essen und erst recht von erstklassigem Wein. Gestern allerdings stocherte er scheinbar appetitlos in seinem Teller herum und kippte den Wein hinunter, als wäre es eine 1,99 € Flasche aus dem Supermarkt. Ich war nicht nur enttäuscht, ich kochte innerlich vor Wut, ließ mir meine Verärgerung aber nicht anmerken. Stattdessen setzte ich die Waffen der Frau ein und knöpfte meine Bluse weit auf. Ich war heiß, wollte endlich wieder einmal herrlich langen, geilen Sex genießen.

Alex bemerkte mein Vorhaben, warf einen Blick auf meine Brüste und reagierte komplett anders als erhofft. Er gähnte, ging ins Bad und statt sich frisch zu machen oder zu rufen: „Hey

Babe, komm her! Ich will dich jetzt!", kam er nach einer gefühlten Ewigkeit emotionslos zurück. Er steckte in seinem Schlafanzug und gähnte. „Das Essen war gut. Ich bin müde, du kannst ja noch ein bisschen Fernsehen."

Ich war sprachlos und mehr als enttäuscht, doch so leicht wollte ich nicht aufgeben. Mein Ziel, ihn mit meinen neuen Dessous vollends scharf zu machen, schlug unweigerlich fehl. Ich kam nicht mal dazu, Bluse und Rock auszuziehen. Im Nu saß ich allein im Raum.

Alex war kaum im Schlafzimmer verschwunden, als ich zum letzten Versuch startete. Ich zog mich aus, ging ihm splitternackt hinterher und legte mich neben ihn. Meine Hand wanderte sofort unter die Decke und dort direkt in seine Pyjamahose. Ich umfasste sein Glied und begann, langsam zu massieren.

Lautes, übertriebenes Gähnen, ein leichtes zur Seite schieben und ein: „Lass das. Ich bin müde!" katapultierten mich aus meiner extremen Lust auf Sex in die kalte, eisige Gegenwart zurück.

Ich hatte mir zumindest die übliche, langweilige Nummer erhofft, bei der ich seinen Schwanz ein wenig blase, um ihn danach für ein paar Minuten in mir zu spüren, während Alex beinahe belanglos auf mir herumrutscht, als wäre ich eine Luftmatratze.

Geiler Sex, wie ich ihn mir vorstelle und in zig Büchern gelesen habe, und Sex mit Alexander waren zwei verschiedene Welten. Ich fragte mich, warum ich es so lange ausgehalten hatte. Dieses Abweisen war für mich wie der letzte Hinweis, dass es vorbei war.

Ich gehe mit großen Schritten auf die Fünfzig zu.

Bevor ich Alexander kennenlernte, war ich beinahe zwanzig Jahre lang verheiratet. Meine Ehe glich in ihren letzten Jahren aber mehr einem berührungslosen Zusammenleben zweier Menschen, die sich zufällig eine Wohnung teilen, als dem von Mann und Frau. Glücklichsein ist etwas anderes, das haben wir beide festgestellt und uns getrennt.

8

Nach meiner Scheidung war ich nach zwei kurzen Fehlversuchen froh, einen Mann wie Alexander zum Freund und Lebenspartner gefunden zu haben. Anfangs war alles wunderschön und der Himmel hing voller Geigen. Leider ließ der sexuelle Teil in unserer Beziehung schnell nach. Es passte zwar nach wie vor vieles, aber im Bett kehrte die große Flaute ein. Erinnerungen an meine Ehe kamen hoch. Ich zweifelte an mir selbst und nahm an, dass es wohl immer so ist, wie es bei uns ist. Kurz gesagt, ich ergab mich meinem Schicksal und versetzte meine Wünsche in eine Fantasiewelt, die real nicht existiert.

Ich werfe eine Münze in den Hut des Harmonika-Spielers. Die Melodie passt zum Wetter. Traurig, kalt und bewölkt. Er nickt dankend und schenkt mir ein Lächeln. Ich gehe weiter zur U-Bahn. Und in diesem Moment ist mir vollkommen klar, dass ich etwas ändern werde. So sehr ich Alexander als Menschen mag, schätze und auch liebe, so sehr fehlt mir etwas, das ich nicht näher erklären kann. Es ist etwas, das mir zu einem glücklichen, erfüllten Leben fehlt.

Ich habe definitiv keine Lust mehr, dauerhaft unbefriedigt zu bleiben. Ich möchte leben. Ich möchte singen, tanzen, lachen und ja …, in Gedanken suche ich die richtigen Worte und spiele nicht lange herum: Ich möchte ficken und gefickt werden! Ich möchte das Leben spüren, Fantasie ausleben, Schmetterlinge im Bauch einfangen, erschöpft nach gutem Sex in die Kissen sinken, mit dem Finger über eine sexy Männerbrust fahren und sie am Körper hinab bis zu seinem Schwanz gleiten lassen. Ja, wiederhole ich in Gedanken, ich möchte das Leben spüren. Jetzt, heute und hier.

Ich möchte nicht mehr allein zu Hause auf dem Sofa sitzen und meine Geilheit mit dem Vibrator, Womanizer oder anderem Sexspielzeug stillen. Ich möchte nackte Haut fühlen, einen Schwanz massieren und daran lutschen. Ich möchte küssen und geküsst werden. Ich möchte eine Zunge in meinem Mund und in meiner Muschi spüren. Ich wünsche mir Sex. Kurzum, ich will ficken und gefickt werden!

Mein Entschluss steht fest. Ich werde die Liaison mit Alex beenden. Dann werde ich einen Affären-Mann suchen. Einen, dem ich nichts schuldig bin. Einen Mann, mit dem ich mich nur für Sex treffe.

Ob es so etwas gibt?

Der Tag ist vorbei. Die Nacht hat längst ihren dunklen Vorhang über der Stadt ausgebreitet. Ich bin allein und mache es mir im Bett gemütlich. Immer wieder muss ich an große, steife Schwänze denken. Mit dem Bild eines prallen Penis im Kopf schlummere ich weg und gleite hinüber ins Land der Träume.

Ich liege auf einem großen Bett. Meine Arme und Beine sind mit weichen Tüchern an die Bettpfosten gefesselt und ich bin nackt. Ich fröstele, aber nicht, weil mir kalt ist, sondern weil ich aufgeregt bin. Ich bin extrem erregt.

Der Raum ist komplett abgedunkelt, nur eine einzelne Kerze brennt auf einem Tischchen neben dem Bett. Die Flamme flackert ganz leicht hin und her. Schatten tanzen an der Wand. Ich kann meine Umgebung nur schemenhaft erkennen und fühle mich ausgeliefert. Die Situation ist so heiß, geil und erregend, wie ich es nie zuvor gespürt habe.

Die Luft im Raum ist schwülwarm und es riecht nach einem schweren Moschusduft. Ich weiß, was mich erwartet und weiß es doch nicht genau.

Leise Schritte sind zu hören. Jemand ist im Flur und nähert sich. Die Spannung ist kaum zu beschreiben. Mein Atem wird heftiger. Das Herz trommelt. Er kommt. Wer immer es auch ist, er kommt.

Ich hebe den Kopf. Mein Blick fällt auf die offen stehende Tür. Der Umriss einer großen Gestalt erscheint im Rahmen, verweilt dort einen Augenblick und sieht zu mir herüber. Es ist ein Mann. Breitschultrig und nur mit einer Jeans bekleidet, der

10

muskulöse Oberkörper ist nackt. Sein dunkles, gewelltes Haar trägt er halblang und seine Haut scheint leicht gebräunt zu sein. Sie glänzt ölig im Kerzenschein.

Aufreizend langsam kommt er auf mich zu. Er bewegt sich geschmeidig wie eine Raubkatze, die weiß, dass ihre Beute nicht entkommen kann.

Ich habe keine Ahnung, wer dieser Mann ist, aber er sieht verdammt gut aus. Ich habe den Typen noch nie zuvor gesehen. Vielleicht zittere ich deshalb vor lustvoller Erwartung. Sex mit einem Unbekannten.

Er setzt sich zu mir aufs Bett, blickt mir tief in die Augen und umfasst meine Brüste. Er knetet sie und kneift sanft die Brustwarzen, bis sie ganz hart werden. Seine Hände sind angenehm warm, weich und dennoch sehr kräftig.

Mit leiser, beinahe heiserer Stimme sagt er: „Jetzt gehörst du mir und ich kann mit dir tun, was ich will."

Sein Lächeln ist fast dämonisch. Ist er der Teufel in Menschengestalt?

Eine seiner Hände gleitet zu meinem Hals, umfasst ihn und drückt ein wenig zu. Ich liege still da. Durch die Fesseln sind meine Beine weit gespreizt und bewegungsunfähig. Ich fühle, wie es an meiner intimsten Stelle heiß pocht. Bebend vor Lust spüre ich seine Finger über meinen Bauch wandern, sehr langsam, bis sie schließlich an meinen feuchten Schamlippen innehalten. Mit einem Daumen streicht er über meinen Kitzler. Ein Stöhnen entweicht meiner Kehle. Mein Atem geht immer schneller. Er reibt stetig über den Kitzler, während der Mittelfinger seiner anderen Hand langsam in mich eindringt. Zentimeter für Zentimeter. Ich bin vor Erregung triefend nass. Es fällt ihm leicht, noch zusätzlich den Zeigefinger einzuführen. Er bewegt nun zwei Finger tief in mir, sucht und findet den G-Punkt. Jetzt beginnt er diesen zu streicheln, während sein Daumen weiterhin rhythmisch über meine Perle reibt.

Ich lechze direkt danach, die sichtbar ausgeprägte Beule in seiner Hose zu berühren, doch meine gefesselten Hände lassen es zu meinem Leidwesen nicht zu.

Keuchend kreise ich mein Becken im Takt zu seinen Bewegungen. Ich bin so scharf, will, dass der Höhepunkt kommt und es doch gleichzeitig noch etwas hinauszögern. Der Weg zum Orgasmus ist so geil. Meine Hüften kreisen in einem lustvollen Rhythmus und ihn scheint das anzuheizen, denn seine Augen leuchten vor Geilheit, während sich seine Finger in mir immer schneller bewegen.

Es ist schön, ihn so tief in mir zu spüren. Die Stöße seiner beiden Finger werden noch intensiver und immer schneller. Schließlich erreiche ich den Gipfel der Lüste und ein wundervoller Orgasmus erfüllt meinen Unterleib. Welle um Welle durchfährt mich.

Ich erwache schweißgebadet. Dunkelheit. Ich liege in meinem Bett, in meinem Schlafzimmer, in meiner Wohnung. Ich bin allein. Kein Kerzenlicht, kein fremder Schönling.

Was war das für ein Traum? Hatte ich eben tatsächlich einen Orgasmus? Es hat sich so real angefühlt. Wahnsinn.

Ich stehe auf und gehe erst ins Bad, dann in die Küche. Dort lasse ich Wasser aus der Leitung in ein Glas laufen und trinke es in einem Zug aus. Entspannt schlurfe ich anschließend zurück ins Bett und lasse mich wieder in die Kissen fallen.

Wie komme ich auf solche Gedanken? Warum träume ich so etwas?

„Katrin, du wirst noch vor deinem 50. Geburtstag all deine sexuellen Träume verwirklichen", sage ich zu mir selbst.

Ich beschließe, das Schattenleben, das ich führe, zu beenden und auf die Sonnenseite des Lebens zu treten.

Angst habe ich in diesem Moment keine. Allerdings habe ich auch keine Ahnung, wie ich das alles anfangen soll. Ich bin willig, geil und bereit, einiges dafür zu tun.

Meine Gedanken fliegen zu Alexander.

Warum bin ich seit Monaten mehr oder weniger Luft für ihn? Soll ich ihn mit einer Affäre betrügen oder soll ich die Beziehung beenden?

Wenn ich sie beende, bekomme ich dann wieder solch einen Mann wie ihn? Möchte ich das überhaupt?

Sex ist nicht alles und wenn man ein gewisses Alter hat, wird Sex vielleicht uninteressant.

Und was, wenn nicht? Was, wenn Sex immer geil bleibt, egal, wie alt man ist? Sex hat schließlich viele Gesichter. Sex beginnt mit einem liebevollen in den Arm nehmen und endet bei bizarren Fesselspielen.

Meine Nippel stehen immer noch und meine Muschi ist so richtig feucht.

Mein Traum soll kein Traum bleiben. Wie auch immer, ich werde meine Träume leben!

Ich möchte darüber sprechen. Vielleicht bekomme ich noch einen guten Rat. Und dafür gibt's nur eine Person, der ich blind vertraue. Anna. Ich muss mich unbedingt mit ihr treffen. Anna ist meine beste Freundin und wir wissen alles voneinander und übereinander. Morgen werde ich sie anrufen. Vielleicht haben wir Glück und unser Lieblings-Grieche hat noch einen Platz für uns.

Ich beschließe, wieder Single zu werden und auch wenn ich Alexander als Mensch und als Freund liebe, werde ich die Beziehung beenden.

Gleich morgen suche ich das Gespräch mit Anna, um nochmals einen ehrlichen Rat zu bekommen, weiß aber jetzt schon, dass sie mir zustimmen wird.

Ich denke, Alex ahnt es. Sein Benehmen in letzter Zeit lässt zumindest den Rückschluss zu.

Während ich in Gedanken die Sätze formuliere, mit denen ich die Beziehung beenden möchte, schlafe ich ein.

"Scheiß auf Alex!" Annas Stimme schwankt schon ein wenig nach einem Ouzo und zwei Gläsern Retsina.

Wir sitzen bei Dimitrios im Biergarten. Es ist ein lauer Sommerabend und auf jedem Tisch brennt in einem kleinen gläsernen Windlicht eine Kerze.

„Denke einmal im Leben an dich! Du bist frei und du bist 'ne Hammerbraut! Such dir einen Kerl oder mehrere und lass dich endlich mal wieder ordentlich durchvögeln! Man, Süße, du hast eindeutig zu wenig Sex. Du brauchst einen fleißigen Schwanz, ein paar Orgasmen und den Geschmack von Sperma. Dann ist dein Gehirn wieder frei."

Das ist mal eine Ansage. Ich blicke mich um, ob jemand vom Nachbartisch unserem Gespräch zuhört. Annas Aussage deckt sich ein wenig mit meinen Gedanken an eine Affäre. Genauer gesagt, an Sex!

Anna und ich nehmen nie ein Blatt vor den Mund. Also, natürlich nur, wenn wir allein sind. Direkt, knallhart und ehrlich. Das ist seit vielen Jahren unsere Devise.

„Ja klar, tolle Typen wachsen ja auf den Bäumen. Man muss nur zugreifen", entgegne ich sarkastisch und senke dabei meine Stimme. Insgeheim hoffe ich, dass Anna auch leiser spricht. „Nach der Pleite mit Alex habe ich auch keine große Lust, mich sofort in eine neue Beziehung zu stürzen."

Meine Freundin sieht mich mit verschmitztem Blick an: „Wer redet denn hier von Beziehung?" Anna greift zum Glas und hebt es hoch: „Zum Wohl. Auf die Freiheit, auf den Sex und auf die moderne Zeit."

Wir prosten uns zu.

„Ich rede von Sex, vom Ficken, Vögeln, Spielchen, Blasen und vom Geleckt werden. Wach auf, Kati."

So deutlich habe ich es weder erwartet noch zuvor gehört. Ich muss aber zugeben, dass die Worte meiner Freundin ins Schwarze treffen. „Wie stellst du dir das vor? Soll ich irgend einen Kerl ansprechen und fragen, ob er zufällig Lust auf einen kleinen Fick hat?"

Anna lacht lauthals. Ein paar Leute sehen zu uns herüber, aber das ist mir in diesem Moment egal. Das Lachen meiner Freundin wirkt ansteckend und ich lache mit.

Sie winkt ab. „Ne, ne, du. Nix mit jemanden anquatschen, Kati. Wir leben im einundzwanzigsten Jahrhundert und wir haben, ob du es glaubst oder nicht ...", fügt sie scherzhaft hinzu, „... Internet. Glaube mir, dort gibt es massenhaft willige Männer, die nur darauf warten, von einer tollen Frau verführt zu werden. Du kennst doch Sissi, meine frivole Nachbarin. Sie führt eine zuverlässige Wochenendbeziehung und unter der Woche lässt sie es ordentlich krachen. Die Kerle, die sie in ihr Bett holt, sind oft deutlich jünger als sie. Und die Frau ist fünfzig Jahre alt, wenn nicht älter. Neulich sagte sie zu mir, sie fühlt sich wieder wie ein Teenager."

Anna hat mir früher schon einmal von Sissi erzählt. Ihr Mann hatte sie und ihren damals zwölfjährigen Sohn verlassen. Es hatte Jahre gedauert, bis sie darüber hinweggekommen war und sie hatte sich in dieser Zeit sehr an ihr Kind geklammert. Kein Weggehen, keine lustigen Abende, nichts. Vor zwei Jahren ging ihr Sohn ins Auslandsstudium. Sissi besann sich, kam auf den Geschmack und genießt seither ihr Leben.

Anna legt ihre Hand auf meinen Unterarm, beugt sich vor und tuschelt mir etwas ins Ohr. Ich kann es kaum verstehen. Die Geräuschkulisse im Biergarten ist so laut, dass nur Wortfetzen wie „Sissi ... geile Männer ... große Schwänze ... kaum Platz im Mund" zu verstehen sind.

Wir grinsen beide.

"Mädel, ich glaube, es ist an der Zeit, nach Hause zu gehen. Der Wein ist leer und wir sind voll."

Ich winke Dimitri zu und wir zahlen.

Leicht beschwipst hake ich mich bei Anna unter und wir genießen auf dem Heimweg die laue Sommernacht.

"Nur falls ... hicks ... nur, falls es dich interessiert. *Date-your-fuck.de* ... so ... hicks ... heißt die Seite im Internet. Melde dich da mal an. Hicks. Blöder Schluckauf."

15

Wir lachen wieder, sind beschwingt und kichern unablässig über dies und das. Das geht so weiter, bis wir vor Annas Haustür stehen. Dort verabschieden wir uns.

„Du hast mir wieder mal sehr geholfen. Ich denke, ich weiß, was ich zu tun habe."

Sie umarmt mich und gibt mir einen Kuss auf die Wange: „Da habe ich keine Zweifel."

Die Tür fällt ins Schloss, ich gehe weiter. Bis zu mir nach Hause sind es nur noch ein paar wenige Hundert Meter. Annas klare Worte schwirren mir ständig durch den Kopf. Große Schwänze, geile Kerle ... fuck your Date oder so ähnlich. Wahnsinn, das traue ich mich nie.

Ich wundere mich über mich selbst. Bin ich tatsächlich derartig untervögelt, dass ich ständig an Penisse denken muss?

Ich spüre eine gewisse Geilheit aufkommen. Vielleicht vergnüge ich mich vor dem Einschlafen noch mit dem Womanizer.

2

Alex ist Geschichte. Harte Worte, aber eben Realität. Ich habe es geschafft und es war schwerer, als ich angenommen hatte.

Ein paar Tage nach dem Treffen mit Anna war es so weit und obwohl ich den Text tausendmal durchdacht und imaginär vorgetragen hatte, musste ich im entscheidenden Moment nach den richtigen Worten ringen.

Alex und ich hatten uns für das Gespräch im Nymphenburger Schlosspark getroffen. Der Park war an diesem Tag erfüllt von einer melancholischen, aber auch friedlichen Stimmung. Die späten Nachmittagsstunden ließen die Sonne in einem warmen, goldenen Licht durch die Bäume scheinen, wobei die Blätter in sanften Orangetönen schimmerten. Ein leichter Wind raschelte durch das Laub und trug den dezenten, erdigen Duft des beginnenden Herbstes mit sich. Es war ruhig, aber nicht leblos. Sporadisch hörte man das entfernte Lachen von Kindern, die mit ihren Eltern auf Spaziergängen durch die ausgedehnten Grünanlagen gingen. Spaziergänger mit Hunden liefen gemächlich vorüber, wobei die Tiere manchmal kurz innehielten, um an einem Blatt oder Ast zu schnuppern. Die majestätischen, barocken Schlossgebäude thronten im Hintergrund, strahlten jedoch keinen Prunk aus, sondern vielmehr eine ruhige Erhabenheit, die perfekt zur Stimmung passte.

Die Atmosphäre war ideal für ein tiefes, bedeutungsvolles Gespräch, bei dem Augenblicke der Stille, getragen von der Umgebung, die Emotionen noch intensiver fühlbar machten. Hier, wo die Natur und die kunstvolle Ordnung des Parks in ihrem Gleichgewicht waren, schien die Zeit sowohl zu verharren als auch unaufhörlich weiterzufließen.

Wir spazierten am Kanal entlang und ich hatte einen dicken Kloß im Hals. Als ich meine eingeübte Passage endlich über die Lippen gepresst hatte, war ich froh, erleichtert und traurig zugleich. Ich wollte zwar den *Freund* Alexander nicht verlieren, mich aber vom *Liebhaber* Alexander ohne Wenn und Aber trennen.

Alexander reagierte zwar verblüfft, aber so wirklich überraschend kam für ihn das *Aus* nicht. Er hatte es seinen Angaben nach geahnt und er meinte, ich sei in letzter Zeit komisch gewesen. Er selbst war natürlich, so wie fast immer, fehlerfrei. Gut, er hat seine Macken, aber er ist dennoch ein absolut lieber Mensch. Schade, von einer ganz normalen Freundschaft ohne Beziehung, also sich gelegentlich zum Essen oder auf einen Kaffee zu treffen, wollte er leider nichts wissen.

„Schwarz oder weiß, ganz oder gar nicht", war seine Devise.

Unsere gemeinsamen Freunde sollten selbst entscheiden, mit wem sie lieber am Tisch sitzen möchten.

„Gemeinsam schließe ich aus", grummelte er.

„Vielleicht in ein paar Wochen?", hakte ich nach.

Schweigen.

Er versuchte, den Spieß umzudrehen und sprach über schöne Erlebnisse, die wir hatten. Er malte gedanklich schöne Bilder an die Wand und ließ die letzten drei Jahre im glänzenden Licht erscheinen. Ich stimmte ihm zwar streckenweise zu, blieb aber dennoch bei meiner Entscheidung. Ich war einfach nicht glücklich genug, um so bis zum Ende meines Lebens weiterzuleben.

Wir stellten uns die Frage, wo wir uns in fünf oder zehn Jahren sehen würden. Alex sah uns als Ehepaar und träumte vom gemeinsamen Altern.

Ich hingegen sah mich verliebt und glücklich an einem Strand spazieren gehen oder einen Berggipfel erklimmen. Den Ring am Finger zu haben und damit Alexanders Frau zu sein, war in diesem Augenblick meilenweit entfernt.

Zwei unterschiedliche Welten. Wir schwiegen uns an. Ab da fühlte ich mich nicht mehr mit ihm verbunden.

„Lass uns Freunde bleiben. Irgendwie", sagte ich schließlich und umarmte ihn ein letztes Mal.

Weder er noch ich konnten unsere Tränen zurückhalten. Ich wendete mich ab und marschierte los, ohne mich noch einmal umzudrehen. Ich suchte den Seitenausgang zur Menzinger Straße, um dort in eine Trambahn zu steigen.

Ab diesem Moment gingen Alex und ich getrennte Wege. Obwohl die Trennung mein Wunsch und Wille war, fühlte ich mich elend und tieftraurig. Wenn das Puzzlestück *Partner* nicht genau in dein Leben passt, passt es eben nicht. Da kannst du noch so viel herumpressen. Es wird nie diese Lücke so ausfüllen, wie du es dir wünschst.

Die ersten Tage nach der offiziellen Trennung von Alex verliefen seltsam ruhig und leer. Ich merkte, wie mir die Energie fehlte, etwas Neues zu beginnen. Die Euphorie, die mich ursprünglich erfasst hatte, als ich an Freiheit und Abenteuer dachte, schien mit einem Mal verflogen. Eine lähmende Passivität machte sich breit, während ich versuchte, meinen Alltag zu bewältigen, ohne mich wirklich lebendig zu fühlen.

Streckenweise kam mir mein Ausbruchsversuch aus der emotionalen Wüste, in der ich mich befunden hatte, fast wie ein Irrtum vor. War es all die Aufregung und das Herzklopfen wirklich wert gewesen? Immerhin schien es jetzt so, als ob meine Lust vollständig in den Keller gezogen wäre. Die Möglichkeiten, die ich zuvor in Betracht gezogen hatte – neue Bekanntschaften, aufregende Begegnungen – verloren ihre Anziehungskraft. Der Freudenspender, der normalerweise auf meinem Nachttisch bereitlag, war schließlich ebenfalls in der Schublade verschwunden, als wäre er ein Teil der Vergangenheit, den ich zu ignorieren gelernt hatte.

Aber dann, langsam und fast unmerklich, begann sich etwas in mir zu verändern. Nach mehr als einer Woche zurückgezogener Einsamkeit, in der sich mein Körper einem fast automatisierten Tagesrhythmus hingab, kehrte das Verlangen zurück, zunächst schüchtern und dann mit wachsender Intensität. Wie das Aufblühen einer Pflanze, die aus einem harten, winterlichen Boden hervorschaut, keimte die Lust wieder auf.

Die ruhigen Stunden am Abend, die ich anfänglich als quälend empfunden hatte, begannen an Reiz zu gewinnen. Statt dass mich die Stille bedrückte, spürte ich, wie meine Fantasie zum Leben erwachte und mich an Erinnerungen und vage Vorstellungen führte, die meine Sinne nach und nach schärften. Es war kein kurzes Aufflammen, sondern eher ein allmähliches Erwachen einer Energie, die schwach, aber beständig aufzuleuchten begann. Ich wusste: Es würde nicht mehr lange dauern, bis ich wieder bereit war, das Leben in all seinen Facetten zu genießen – und das bedeutete auch, die leidenschaftlichen Seiten davon voll auszukosten.

Heute war es das erste Mal seit ewig langer Zeit, dass ich in einer Bar gelandet bin. Eine Kollegin aus dem Büro hatte Geburtstag und lud uns nach Büroschluss auf einen Cocktail ein. Wir waren zu fünft. Jutta, die gemeinsam mit mir im Büro sitzt, das Geburtstagskind Evi, sowie die Azubis Nelly und Rolf. Wir alle lieben Rolf. Er ist schwul, unheimlich sympathisch und ein absoluter Unterhaltungskünstler. Wir hoffen, dass er nach der Ausbildung vom Chef übernommen wird.

Der Abend war lustig und kurzweilig, aber leider auch schon sehr früh zu Ende. Schon nach einem Cocktail verabschiedeten wir uns. Der Barbesuch hatte mich vollends aus meiner Emotionswüste zurück ins Leben katapultiert.

Ich bin soeben nach Hause gekommen und immer noch in Feierlaune. Schnurstracks gehe ich zum Kühlschrank und öffne ihn. Voller Freude entdecke ich eine Flasche Weißwein.

„Ich liebe Schraubverschlüsse an Weinflaschen", huscht es über meine Lippen und ich schenke ein. Danach setze ich mich aufs Sofa.

Ich klappe das Laptop auf und werfe Spotify an. Klicke auf eine meiner Playlisten und lausche sanfter Musik.

Es überfällt einen meistens, wenn man am Abend oder nachts allein zu Hause ist. Das Glas Wein entfaltet in der emotionalen Einsamkeit seine Wirkung und löst sie aus, diese Sehnsucht nach Wärme, nach nackter Haut, nach Geborgenheit, aber auch nach Lust und Leidenschaft. Nach dem pochend-trommelnden Herzschlag, wenn sich Blicke streifen, aneinander festsaugen und Lippen sich magnetisch anziehen.

Wenn man fremde Haut spüren möchte, wenn man das Salz von den Lenden des anderen lecken will, wenn man sich für ein paar Stunden verlieren kann, ohne danach hart aufzuschlagen.

Genau danach sehne ich mich.

Ich starre auf den Bildschirm des Laptops, greife zum Glas und nehme einen Schluck. Teils zum Genuss, teils aufgrund der Aufregung und teils, um mir Mut anzutrinken.

Affäre, poppen, kostenlos.

Mit diesen drei Suchwörtern soll mein neues erotisches Leben beginnen. Ich möchte in die spannendste, verrückteste, liebevollste und vielleicht auch geilste Zeit meines Lebens schlittern. Ich, die biedere, brave, geschiedene und alleinstehende Mittvierzigerin, die bisher mit weniger Männern im Bett war, als eine Hand Finger hat. Ich möchte es wissen und nachholen, was ich glaube verpasst zu haben.

Vermutlich läuft es in zigtausenden Beziehungen genauso ab, wie es bei mir war. Der eine Part ist glücklich und zufrieden, der andere zwar nicht unglücklich, aber extrem unbefriedigt.

Fremdgeher konnte ich früher nie leiden, fand ihr Handeln unfair und hinterrücks. Heute denke ich anders, kann sie zumindest teilweise verstehen. Viele suchen nur etwas, um ihre Lust zu stillen, ohne dem anderen Part weh zu tun. Sie lieben, sind aber nicht glücklich. Es mag sicherlich auch noch diejenigen geben, die tatsächlich eiskalt sind, aber ich denke, die meisten Fremdgeher, egal welchen Geschlechts, suchen ausgleichende Befriedigung zum Alltagsleben.

Andererseits kann es auch nicht Sinn und Zweck sein, nur eiskalt mit jedem oder jeder zu vögeln. Mit jedem x-beliebigen, egal wie er, sie oder es oder wie immer man das in der Gendersprache nennt, aussieht oder dabei fühlt. Zumindest nach meinem Empfinden.

Fremde Welt, denke ich und drücke die Enter-Taste. Ich habe jetzt schon gewisse Vorstellungen.

Ob ich sie auch umsetzen kann?

Mir ist sofort klar, dass ich mit meiner Suche nach Sex auch etwas fühlen möchte. Ein bisschen Herz. Vielleicht ist der eine oder andere Schmetterling im Bauch auch willkommen, aber eben nicht zwingend die volle Dosis Liebe. Eine kleine Prise davon wäre schön.

Eine Affäre ohne einen Hauch Gefühl wäre eisig und nicht erstrebenswert. Kalten, unpersönlichen Sex, zur reinen Befriedigung der Lust, bekommt man sprichwörtlich an jeder Straßenecke. Dazu müsste man nur einen Callboy anrufen. „Nein!", schüttle ich den Kopf, als ob ich mit jemandem im Gespräch wäre.

Wenn man den Weg über ein einschlägiges Portal wählt, um etwas Neues, etwas Prickelndes in sein Leben zu bringen, dann sollte das Herz auch ein Stück weit mit beteiligt sein. Es kann sich ruhig ein wenig öffnen und einen Schmetterling aufsteigen lassen, aber es darf sich nicht verlieren.

Meine Hände zittern leicht vor Aufregung.

Was suche ich? Wo suche ich? Was bekomme ich?

Gedankenspiele beginnen. Ich erinnere mich an meinen Traum und spüre, dass ich schon wieder feucht werde. Nein, feucht ist untertrieben. Ich werde zwischen den Beinen richtig nass. Ich suche den Rausch der sexuellen Begierde und bin auf dem besten Weg dorthin.

Bilder huschen vorbei und nehmen Formen an. Worte schießen in meinen Kopf und manifestieren sich.

Zwischen zwei Partnern gibt es vier Arten von erotischer Chemie.

Die Erste von ihnen ist optisch und körperlich. Sie weckt das Verlangen und Begehren.

Die Zweite ist emotional und erzeugt Zuneigung und Anlehnungsbedürfnis.

Der Spruch: Intelligenz macht sexy, kommt von der dritten Anziehungsart. Es ist die geistige Klasse, die magnetische Kräfte freisetzt. Sie löst Bewunderung aus und ist unterhaltsam.

Und der letzte Trumpf der erotischen Chemie ist die seelische Verbindung zweier Menschen. Sie erzeugt Freundschaft und Liebe.

Wenn du bei einem Menschen alle vier Eigenschaften vereint findest, ist er dein Seelenpartner. Das ist der absolute Jackpot.

Ob ich das finden werde?

Auf dem Bildschirm wird das Ergebnis meiner Suchanfrage angezeigt. Ich klicke mich durch und lande schließlich auf dem Portal *Date-your-fuck.de*.

Da ist es ja. Annas Geheimtipp.

Zweifel kommen auf.

Geht gar nicht, rast es durch meinen Kopf.

Dann lese ich, dass dieses Portal deutschlandweit nach eigenen Angaben schon mehr als eine Million Mitglieder hat und genau das bietet, was ich suche. Ich bleibe interessiert und neugierig.

Das Portal hat einen absolut doofen Namen, aber die Seite scheint tatsächlich etwas zu bieten.

Mein Blick wird nachdenklich, ich zweifele schon wieder an meinem Vorhaben und möchte den Laptop zusammenklappen. Durchatmen. Dann reiße ich mich zusammen. Schließlich wird der Traumprinz kaum klingeln und sagen: „Hier bin ich, darf ich Sie ficken?"

Was kann schon passieren? Ich sehe mir erst einmal alles in aller Ruhe an. Schließlich bin ich anonym, keiner weiß, wer ich bin. Einfach mal sehen, was passiert.

Ich starre auf den Bildschirm.

Loggen Sie sich ein oder erstellen Sie ein Konto.

Mist! Unangemeldet erst mal als *Gast* auf dem Profil spazieren gehen darf man nicht. Egal. Kann ich gut nachvollziehen. Wer möchte schon gerne von jedermann hier entdeckt werden? Demzufolge ist die Seite nur für Mitglieder zugänglich. Eigentlich gar nicht so schlecht.

Na gut.

Ich klicke auf den Button *Konto erstellen*. Im nachfolgenden Schritt werde ich aufgefordert, einen Mitgliedsnamen und ein Passwort einzugeben.

Oje.

Bereits der erste Schritt bereitet mir Kopfzerbrechen.

Wie kann ich mich nennen? Vielleicht ein Tiername? Kuschelhäschen oder Sexy-Mäuschen? Nein. Das ist alles viel zu doof.

Ich grüble weiter, sehe mich um, als ob mir die Gegenstände im Zimmer zu einer guten Idee verhelfen könnten. Aber alles hier scheint in diesem Moment sehr unerotisch zu sein. Ich denke an Musik, an Bücher und Filme.

Gestern Abend der uralte Film mit Sandra Bullock - ja das ist es! *Miss Undercover!* Das ist gut.

Ich schmunzle direkt, als ich meinen Profilnamen eingebe. Perfekt. Nun noch ein Passwort. Meinen Namen verkehrt herum geschrieben und danach das Geburtsdatum: nirtak2105.

Auf der nächsten Seite werde ich aufgefordert, meinen Steckbrief auszufüllen: Geburtsdatum, Größe, Gewicht, Haarfarbe, Augenfarbe und ... das kann doch nicht wahr sein. Die wollen sogar meine Körbchengröße wissen. Aber halt, das ist optional.

„Keine Pflicht", hauche ich etwas erleichtert.

Ich mache tapfer meine Angaben. Beim Gewicht schwindele ich ein wenig. Zwei Kilo weniger ist legitim. Falls sich überhaupt ein Date ergeben sollte, habe ich bis dahin sicherlich genügend Zeit noch abzuspecken.

Bei der Frage, ob ich Single oder gebunden bin, ist die Antwort einfach. Gut, dass ich mit Alex Schluss gemacht habe. Es fühlt sich für mein Gewissen besser an.

Ich bin Single!

Die nächste Seite ist schon heikler. Sie erfordert Angaben über sexuelle Vorlieben und geheime Wünsche.

Du liebe Güte! Was die alles wissen wollen.

Zum Glück sind schon ein paar Vorgaben gegeben, die man nur ankreuzen muss. Ich versuche es mal mit *Missionarsstellung*, *Doggystyle* und *Oralverkehr*. So weit, so gut. Das sind wohl die Klassiker.

Nächster Punkt: Geheime Wünsche. Automatisch schließe ich die Augen. Der Traum von neulich drängt sich in meine Erinnerung. Völlige Dunkelheit, fremde Hände. Ich spüre die Erregung erneut in mir aufkeimen.

„Trau dich", flüstert die Begierde. „Du möchtest doch noch etwas erleben! Die Zeiten haben sich geändert. Auch Frauen haben recht auf sexuelles Vergnügen."

Gedanken rasen. Was soll's. Jetzt bin ich schon so weit gegangen, da kann ich ganz ehrlich sein. Ich unterschreibe hier ja nichts und keiner kann mich zu etwas zwingen, das ich nicht tun möchte.

Fesselspiele tippe ich ein und dann - ich erschrecke fast vor mir selbst: *Sex mit einer Frau oder einem Paar.*

Bevor ich es mir anders überlegen kann, drücke ich die Enter-Taste und nun gilt es, noch einen Profiltext zu schreiben.

Ich möchte nicht viele Worte machen. Wahrscheinlich ergibt sich ohnehin nichts. Also tippe ich schnell ein paar Sätze:

„Hallo an euch alle, die mein Profil lesen. Ich bin ganz neu hier und habe keine Ahnung, was mich erwartet. Also schreibt mich doch einfach mal an und wir sehen, was passiert."

Ja, das ist kurz und ehrlich. Mehr muss es vorerst gar nicht sein.

Zum Schluss werde ich noch aufgefordert, ein Profilfoto hochzuladen. Aber auch das ist optional. Für mich ist das definitiv ausgeschlossen. Nicht auszudenken, wenn mich jemand erkennen würde.

Der letzte Klick. Ich soll jetzt eine an mich geschickte E-Mail bestätigen und dann kann es losgehen.

So, jetzt erst einmal die Nerven beruhigen.

Mein Glas ist zwischenzeitlich leer. Ich gehe in die Küche und öffne den Kühlschrank. Der Weißwein lächelt mich regelrecht an.

Zu viel? Nein! Heute nicht. Heute ist es egal! Ein Achtel gönne ich mir noch.

Momentan geht es ohnehin nur darum mit einem weiteren Schlückchen meine Nerven zu beruhigen. Die sind ziemlich flatterig.

Ob ich wohl schon eine Nachricht bekommen habe?

Bei dem Gedanken schlägt mein Herz ein paar Takte schneller. Mit dem Glas in der Hand gehe ich zurück zum Sofa. Ich setze mich und sehe, dass neben dem Button *Nachrichten* eine Zahl blinkt. Ich bin erstaunt und bekomme feuchte Hände.

Zwölf Nachrichten! O Gott! Das ist keine 5 Minuten her, seit ich mit dem Profil online gegangen bin.

Ich nippe am Weinglas, spüre den Geschmack auf der Zunge, im Gaumen und die Kühle, als er sich den Weg von der Speiseröhre in den Magen bahnt.

Guter Tropfen, denke ich. Den muss ich mir merken. Am besten das Etikett fotografieren.

Dann klicke ich die erste Nachricht an und überfliege die vier Wörter: "Hey, Lust zu fiken?"

Ficken ohne *c* geschrieben, zeugt von minderer Intelligenz, unterstelle ich aufgrund der extrem plumpen und niveaulosen Anmache.

Ich bin fassungslos. Ist das allgemeine Niveau auf dieser Seite so wie diese Nachricht? Dann bin ich hier definitiv falsch.

Schnell verschiebe ich die Mail in den Papierkorb. Noch ein Schluck Wein, dann lese ich die nächste Nachricht.

"Hallo Miss Undercover! Ich heiße Sven und bin 22 Jahre alt. Interessiert?"

Im Anhang befindet sich ein Bild von einem erigierten Penis. Ich bin im ersten Moment geschockt. Erstens ist der Kerl mit 22 Jahren in meinen Augen viel zu jung! Zweitens geht solch ein Schwanzfoto statt eines Gesichtsfotos gar nicht. Ich versuche dennoch ziemlich neugierig, das Bild vom Prachtstück des Kerls zu vergrößern. Es funktioniert nicht, also gehe ich mit dem Kopf näher an den Bildschirm ran.

Oho! Nicht schlecht.

Dennoch wandert auch diese Nachricht unverzüglich in den virtuellen Papierkorb.

Ich lache, stelle mir vor, es würde im normalen Alltag genauso ablaufen. Man verabredet sich in einem Lokal. Der Typ kommt rein, öffnet seine Hose, holt sein Ding raus und sagt: „Hallo, ich heiße Chris. Wie wäre es mit uns?"

Ein kleiner Lachflash überkommt mich.

Ich fange mich wieder. Viele Mitglieder haben, genau wie ich, ebenfalls kein Profilfoto hochgeladen. Die Bilder derer, die sich trauen, zeigen überwiegend nackte Oberkörper, Oberarme mit Tattoos oder Teilauszüge eines Gesichts, aber nichts Konkretes. Alle insgesamt nicht sehr aussagekräftig und für mich eher uninteressant.

Ich öffne die nächste Nachricht.

"Einen schönen guten Abend! Deine Anzeige spricht mich sehr an. In deinem Steckbrief habe ich gelesen, dass du Single bist. Ich bin seit kurzer Zeit geschieden. Schau dir doch bitte einmal mein Profil an. Falls es dir gefällt, freue ich mich auf eine Antwort. LG Bernd."

Na gut, das klingt schon besser.

Neugierig klickte ich auf Bernds Profil. 46 Jahre alt.

Mein Alter.

1,80 m groß.

Auch gut.

113 Kilogramm schwer.

Schlecht!

Er scheidet aus. Ich möchte wirklich nicht Mister Universum kennenlernen und ein kleiner Bauchansatz ist nicht ausgeschlossen, aber es gibt für mich doch gewisse Toleranzgrenzen.

Während ich mich, langsam resignierend, durch weitere vier nicht infrage kommende Profile klicke, um sie sofort in den Papierkorb zu befördern, kündigt ein *Bling* eine neue Nachricht an. Mittlerweile schon etwas desillusioniert öffne ich die Zeilen.

"Na so eine Überraschung", beginnt der Schreiber, "endlich mal ein Profil ohne Rechtschreibfehler. Dein kurzer Text bringt es auf den Punkt. Ich würde dich gerne näher kennenlernen. Bitte melde dich."

Na gut, den werde ich mir noch ansehen.

Er hat einen ähnlich kurzen Profiltext wie ich verfasst, ist wie der andere nette, aber leider viel zu korpulente Schreiber, auch 1,80 groß, wiegt allerdings nur 84 Kilogramm. Blaue Augen, braune Haare.

Es liest sich alles recht gut.

Als Vorlieben hat er *Doggystyle* und *Oralverkehr* angegeben und seine geheime Fantasie ist ein *Besuch im Swingerclub*.

Oh, la la!

Auf den ersten Blick gibt es kein wirkliches Manko. Ich gehe zurück zur Nachricht und antworte. "Hey, schön von dir zu lesen. Wie heißt du denn?"

Aufgeregt warte ich auf eine Reaktion. Anhand eines grünen Punktes sehe ich, dass er noch online ist. Bei einem rot angezeigten Punkt ist der Teilnehmer offline. So viel habe ich zumindest schon verstanden.

Bling

"Ich heiße Peter und freue mich, dass du zurückschreibst. Da hat der Abend doch noch eine angenehme Wendung gefunden! Darf ich deinen Namen erfahren?"

Ich tippe Kat... und stoppe. Soll ich tatsächlich meinen richtigen Namen preisgeben? Es ist nur der Vorname und außergewöhnlich ist Katrin auch nicht.

Noch während ich darüber nachdenke, schreibe ich *Katja*. Ich traue allem bislang nicht so sehr. Ein wenig Verschleierung wird man mir schon verzeihen, sollte mehr daraus werden.

Ich schreibe weiter, dass ich mich gerade erst auf diesem Portal angemeldet habe und ob er über *diese Seite* schon Erfahrungen gesammelt hat.

Seine Antworten lesen sich sympathisch. Er klagt über den Männerüberschuss auf *Date-your-fuck.de* und betont, dass er keiner ist, der durch viele Betten hüpfen möchte, sondern lieber *die Eine* für gewisse Stunden sucht. Und dass er erst kürzlich mit einer *Dame* sexuellen Kontakt hatte, sich die Liaison aber nach einigen Treffen aufgelöste.

Ich gähne und spüre auch den Wein. Ein Blick auf die Uhr folgt. Halb Zwölf. Ich muss ins Bett.

Peter schlägt vor, per E-Mail Fotos zu tauschen, damit wir wissen, wie der andere aussieht.

Auweia. Jetzt wird es ernst. Was, wenn ich ihm nicht gefalle?

Ich bin mir nicht wirklich sicher, wie ich auf Männer wirke. Natürlich fällt es mir auf, wenn Männeraugen über meine Brüste oder meinen Hintern wandern. Das passiert häufiger, wenn ich mich sexy anziehe. Aber ich bin keine zwanzig mehr. Um die Hüften haben sich ein paar überflüssige Pfunde angesammelt und das Gesicht ist bei weitem nicht mehr so glatt und frisch wie damals. Mein blond gesträhntes Haar trage ich schulterlang und meist offen. Mein Make-up ist dezent und ich kleide mich eher sportlich.

Ich werfe die aufkommenden Selbstzweifel über Bord.

Du suchst keinen Mann zum Heiraten und auch keine Partnerschaft. Das hast du gerade erst hinter dir gelassen! Für Sex wird wohl einer zu finden sein und nun sieh erst mal zu, dass sich einer findet, der DIR gefällt.

"Klar, gerne. Lass uns das aber auf morgen verschieben. Ich muss erst in meiner Fotogalerie stöbern und heute bin ich schon zu müde. Hier ist schon mal meine E-Mail-Adresse", antworte ich.

"Kein Problem", kommt es prompt zurück. "Schlaf gut. Ich freue mich auf morgen."

Ich liege im Bett. Der Arbeitstag, der Cocktail und der Wein zeigen ihre Wirkung. Meine Augenlider sind schwer. Dennoch kreisen meine Gedanken um diesen Peter.

Wie mag er aussehen? Wie ist es, sich mit einem wildfremden Menschen zu treffen, um miteinander ins Bett zu gehen und wilden, hemmungslosen Sex zu haben? Kann ich das überhaupt?

Einen fremden Körper erobern, dessen Geruch bis ins kleinste Detail studieren, zugleich den süßen Schweiß wie Honig schlecken und jeden Winkel des anderen erforschen, bis ein inniger, heißblütiger Zungenkuss beide in den Himmel der Ekstase trägt.

Mein Handy weckt mich mit dem Vogelzwitschern des sanften Klingeltons *Morning Bird*. Ich habe einen leichten Schlaf, weshalb diese Melodie zum Wecken ausreicht. Ich recke und strecke mich im Bett, dann halte ich inne.

Da war doch was.

Die Erinnerung an den gestrigen Abend dringt in mein Bewusstsein. Ich hatte mich wirklich getraut! Ich habe ein Profil auf einer Dating-Seite! Nicht auf irgendeiner *Finde deinen Traummann und zahle gut dafür* Seite, sondern auf *Date-your-fuck.de*.

Da war dieser Peter, dem ich meine E-Mail-Adresse gegeben habe.

Ich schlage die Bettdecke zur Seite und stehe auf. Am liebsten hätte ich vor brennender Neugierde sofort das Laptop eingeschaltet, doch dann rufe ich mich zur Raison.

Jetzt mach mal halblang, Katrin. Peter hat ganz sicher noch kein Bild gesendet. Erst mal eine Dusche und eine Tasse Kaffee, dann bist du wenigstens halbwegs fit.

Das lauwarme Wasser läuft prickelnd und erfrischend über meine Haut. Herrlich. Nach dem Duschen frottiere ich mich leicht ab und stöbere anschließend im Schrank nach frischer Unterwäsche.

Ich wühle mich durch hautfarbene und weiße BHs und Slips. Dabei rümpfe ich die Nase. Da ist wirklich nichts dabei, das annähernd sexy aussieht. Das edle Dessous, das ich für Alex gekauft hatte, liegt immer noch in der Wäsche. Zudem erinnert es mich an diesen letzten, schrecklichen und fast erniedrigenden Abend. Vielleicht habe ich es deshalb bislang nicht gewaschen.

Sofort verscheuche ich diese unangenehmen Gedanken und konzentriere mich wieder auf die Gegenwart. Beinahe widerwillig ziehe ich einen hautfarbenen T-Shirt-BH aus der Schublade und einen zumindest dazu passenden Slip. Ich schlüpfte in eine schwarze Hose und wähle dazu ein cremefarbenes Seiden-Shirt.

Ob er vielleicht doch schon ein Foto geschickt hat? Es hat keinen Zweck, ich bin ja doch zu neugierig, gestehe ich mir selbst ein und gehe schnurstracks zum Laptop.

Mit nervösen Fingern logge ich mich ins E-Mail-Postfach ein. Tatsächlich, eine neue Nachricht von *Lausbub7007*. Ein Anhang ist auch dabei. Ich klicke auf die E-Mail.

"Hey Katrin, ich habe ein aktuelles Bild von mir gefunden. Bekomme ich nun auch eines von dir? LG Peter."

Aufgeregt öffne ich den Anhang.

Wow! Er sieht richtig gut aus! Dunkelblonde Haare, immer noch jugendliches Gesicht. Das Bild zeigt ihn nur bis zur Taille. Er trägt ein einfaches T-Shirt und blickt freundlich in die Kamera.

Ich frage mich, warum ein Mann wie dieser auf so einer Plattform unterwegs ist.

Weil er verheiratet ist und Abwechslung sucht, schießt es mir durch den Kopf. Ich überlege. Würde es mich stören, wenn er verheiratet wäre? Würde ich damit zum Scheitern einer Ehe

31

beitragen? Darf man sich aus moralischer Sicht überhaupt mit einem verheirateten Mann einlassen?

„Ach was, ich weiß absolut gar nichts über ihn. Und wer weiß, ob es überhaupt zu einem Treffen kommt, wenn er erst einmal mein Foto gesehen hat. Vielleicht bin ich überhaupt nicht sein Typ."

Ein Blick auf die Uhr. Zehn Minuten bleiben mir noch. Ich suche sofort das nächstbeste Foto aus meiner Galerie. Es zeigt mich bei meinem letzten Besuch bei meinem Bruder Felix vor etwa einem halben Jahr. Ich sehe auf dem Bild meines Erachtens zwar etwas blass aus, aber das ist mir im Moment egal. Entweder möchte Peter mich treffen oder eben nicht.

Ein Klick auf *Antwort* und schon tippe ich los.

"Guten Morgen, das ist aber ein wirklich sympathisches Bild. Da möchte ich dich nicht länger zappeln lassen. Anbei ein recht aktuelles Foto von mir. LG Katja."

Ich füge das Bild ein und drücke auf *senden*.

Puh, jetzt ist es raus.

Ich klappe das Laptop zu, gehe in die Küche und lasse mir einen Kaffee durch die Maschine. Ein paar hastige Schlucke, ein Blick auf die Uhr. Ich muss los.

Obwohl ich viel zu tun habe, vergeht der Tag im Büro sehr langsam. Ich erledige Routinearbeiten. Mein Chef lässt mich weitgehend in Ruhe und meine Kollegin Jutta ist heute seltsam still. Vielleicht ein leichter Kater von gestern?

Mittags holen Jutta und ich gemeinsam eine Pizza beim Italiener. Wir teilen sie. Dazu gibt es einen kleinen gemischten Salat. Wie immer sitzen wir im Besprechungszimmer. Hier können wir in Ruhe essen. Heute sind wir allein. Evi hat frei, der Chef ist mit Nelly und Rolf vor einer halben Stunde zu einem Außentermin gefahren.

Ich betrachte meine Kollegin und erkenne überschminkte, dunkle Augenringe. "Geht es dir gut?", frage ich direkt. „Etwas stimmt doch nicht."

Wir sind nicht gerade das, was man dicke Freundinnen nennt, aber wir verstehen uns recht gut. Jutta und ich sind etwa im gleichen Alter. Im Gegensatz zu meiner besten Freundin Anna ist meine Kollegin eher etwas steif in ihrem ganzen Wesen. Daher erwarte ich auch nicht, dass sie mir ihre Probleme anvertraut. Zumindest haben wir bis dato immer nur oberflächliche Themen bequatscht.

Umso überraschter bin ich, als sie resignierend mit den Schultern zuckt. „Nein, es geht mir nicht gut." Sie beißt in die Pizza, kaut ein wenig und schluckt den Bissen hinunter. Dann sagt sie: „Ich glaube, Jochen hat eine andere."

Ich sehe sie mitfühlend an. „O nein! Wie kommst du darauf?"

Sie weiß, dass ich mich von Alex getrennt habe. Entsprechend sagt sie: „Du hast gerade dein eigenes Ding. Ich möchte dich nicht mit meinen Problemen belasten."

„Ach Jutta, bei mir ist alles gut. Das mit dir und Jochen tut mir sehr leid. Bist du dir sicher? Vielleicht täuschst du dich!"

Ich habe Juttas Mann vor zwei Jahren auf einer Betriebsfeier kennengelernt und er war mir auf Anhieb unsympathisch. Äußerlich wirkt er nicht unattraktiv. Er ist groß und schlank und hat volles Haar. Seine selbstgefällige Art brachte mich damals von Anfang an auf die Palme.

Er ist Leiter einer Bankfiliale und erzählte mir Geschichten über unfähige Angestellte und nervige Kunden. Am schlimmsten fand ich jedoch seinen Reisebericht vom letzten Urlaub in Südamerika. Dabei ließ er Jutta mit ihrer Angst vor Krabbeltieren jeglicher Art und ihrem fehlenden Orientierungssinn miserabel wegkommen. Er selbst war selbstverständlich stets der Retter in der Not.

Ich weiß auch nicht warum, aber meine Kollegin himmelt ihren Mann immer noch mit großen Augen an. Sie ist wohl genau der Typ Frau, die auf solche Männer steht.

„Ich habe gestern in seinem Jackett eine Hotelrechnung gefunden. Eine Übernachtung in einem Hotel hier in München, gar nicht weit weg von unserer Wohnung. Das war vorletzte Woche, als er mal wieder erst kurz nach Mitternacht nach Hause kam", schluchzt sie.

Ich stehe auf, gehe zur ihr und nehme sie in den Arm. Mir liegen so viele Worte auf der Zunge, doch ich rede nicht. Ich lasse sie weinen.

Nach ein paar Minuten hat sie sich wieder gefangen. „Hast du einen Rat für mich?"

Ich überlege, möchte weder zu stark noch zu weich auftreten. „Erst einmal solltest du ihn darauf ansprechen. Überlege deine Wortwahl gut und lege sie dir zurecht. Treibe ihn in die Enge und sei auf alles gefasst. Bleib stark, dann wirst du schon den richtigen Weg finden. Ich habe auch lange gebraucht, bis ich mich von Alex getrennt habe. Er ist ein lieber Kerl und ich vermisse vieles, aber es war nicht der Richtige. Frauen sind stark, du bist stark. Besinne dich auf deine innere Kraft und gewinne sie zurück. Sei du selbst!"

Jutta schnauft kräftig durch. „Ja, ich denke, das ist der richtige Weg. Ich muss meine Stärke zeigen."

Ich bin auf dem Heimweg und sitze in der U-Bahn. Wieder spüre ich diese Erregung in mir hochsteigen.

Ob Peter schon geantwortet hat? Ob er überhaupt antwortet, nachdem er mein Foto gesehen hat?

Ach was, so schlecht siehst du nicht aus und wenn er nicht schreibt, dann geht die Welt auch nicht unter. Außerdem suche ich ja nicht den Mann fürs Leben. Ich möchte nur ein bisschen Spaß haben.

Bei diesem Gedanken schäme ich mich plötzlich ein wenig.

Darf man das als Frau überhaupt? Einfach Spaß am Sex haben, ohne Gefühlsduselei? War das nicht den Männern vorbehalten? Und … funktioniert das für mich überhaupt?

Die Emanzipation kriecht nach oben und gewinnt Oberhand. Einen Versuch ist es zumindest wert. Ich möchte im Augenblick keine feste Beziehung. So weit bin ich absolut noch nicht. Aber ich bin frei und niemandem Rechenschaft schuldig. Und ich habe sinnliche Träume. Ja, ich habe Lust auf Sex. Ich möchte Dinge erleben, die ich mir bisher nur vorgestellt habe. Warum soll ich mich dafür schämen?

Da mein Kühlschrank ziemlich leer ist, muss ich noch in den Supermarkt. Ich stehe gerade in der Obst- und Gemüseabteilung, als mich jemand anspricht.

„Entschuldigung, kennen Sie sich mit südländischen Früchten aus?"

Der Mann ist ungefähr in meinem Alter und er kommt mir vage bekannt vor. Ich kann das Gesicht jedoch nirgends hinstecken.

„Was möchten Sie denn wissen?", frage ich, während ich feststelle, dass mir sein Kleidungsstil gefällt. Seine Jeans sitzt perfekt, genau wie das weiße Hemd, dessen Ärmel er lässig hochgekrempelt hat. Slim fit, denke ich. Er sieht gut aus und gefällt mir.

Er hält mir eine Kaki-Frucht entgegen. „Wissen Sie, was das ist?"

Ich nicke und lächle dabei: „Das ist eine Kaki. Schmeckt leicht süß, überhaupt nicht sauer. Eher ein wenig … na ja nach Vanille oder so ähnlich."

„Aha", grübelt er, dreht die Frucht in seiner Hand und betrachtet sie von allen Seiten. „Muss man sie schälen?"

„Nicht zwingend. Das kommt auf den Geschmack an. Ich esse sie mit Schale. Und das Beste ist: Sie hat keine Kerne. Also eigentlich die perfekte Frucht."

Er sieht mir in die Augen und wirkt etwas überrascht. Ich kann nicht sagen, ob die Überraschung der Frucht oder mir gilt.

Ich mustere ihn so unauffällig wie möglich. Er ist nicht besonders groß, hat lächelnde haselnussbraune Augen und einen sinnlichen Mund. Mir gefallen seine Bartstoppeln. Sie lassen ihn männlich wirken. Sein Oberkörper ist muskulös. Oh Mann, ich muss aufhören, zu gaffen! Es fällt auf.

„Besten Dank. Dann probiere ich diese Wunderfrucht mal. Wenn sie nicht schmeckt, komme ich persönlich bei Ihnen vorbei und … ähm … beschwere mich."

Er grinst leicht anzüglich. Frech und dennoch charmant.

Was möchte er damit eigentlich sagen? Dass er mir dann den Hintern versohlt? Ob so ein Klaps auf den Po geil macht? Ich habe das, geschweige denn BDSM-Spielchen, noch nie ausprobiert.

Meine eigenen Gedanken lassen mich erröten. „Das wird nicht nötig sein. Sie wird Ihnen sicher schmecken." Ich räuspere mich verlegen. „Na ja, ich wünsche viel Spaß beim Probieren", schiebe ich hastig nach, lächle freundlich und wende mich ab.

Mein Gott, Katrin. Du bist zu doof zum Flirten. Das ist ein klasse Typ.

„Ich hoffe, man sieht sich wieder", sagt er und geht.

Trotz der scheinbar verpassten Flirt-Chance fühle ich mich nach dieser Begegnung richtig gut. Nachdem ich meine Einkäufe in der Tasche verstaut habe, gehe ich nach Hause. Ich zwinge mich dazu, in Ruhe alles im Kühlschrank unterzubringen, bevor ich den Laptop anschalte. Danach bereite ich ein leichtes Abendessen zu. Tomaten-Gurkensalat.

Erst nachdem ich das Geschirr in die Spülmaschine geräumt habe, schalte ich den Laptop ein. Natürlich bin ich ziemlich nervös. Während ich die gesuchte Seite auf dem Bildschirm öffne, kaue ich nervös auf meiner Unterlippe herum.

Drei neue Nachrichten im Postfach.

Zwei davon sind Werbung und landen gleich im Papierkorb. Die dritte Mail kam von Peter.

Bum … bum, trommelt mein Herz. Ich bin aufgeregt, nervös und neugierig in einem. Sofort öffne ich die Mail.

„Wow! Du siehst richtig gut aus! Ich möchte dich unbedingt kennenlernen. Wie wäre es morgen oder übermorgen nach Feierabend mit einem Kaffee? Ich arbeite in der Nähe vom Marienplatz und könnte ab 16.00 Uhr dort sein. Bussi, Peter."

Peng. Volltreffer!

Ich bin irgendwie erleichtert und atme einmal tief durch. Es juckt mich in den Fingern und sofort beginne ich meine Antwort zu tippen:

„Freut mich, dass ich dir gefalle. Wie wär's morgen um 17.00 Uhr am Fischbrunnen? LG Katja."

Bereits zehn Minuten später ertönt das erhoffte *Bling*.

„Passt! Ich werde pünktlich da sein! Bussi, Peter!"

Ich habe mein erstes Date! Nervös, aufgeregt und auch mit einer gewissen Zufriedenheit lehne ich mich zurück.

Zwei Minuten nach fünf Uhr bin ich da. Der Marienplatz pulsiert voller Leben. Touristen scharen sich vor dem Rathaus und hoffen, das Glockenspiel filmen zu können. Die Figuren drehen sich allerdings nur um 11:00 Uhr und 12:00 Uhr. Das Glockenspiel selbst ertönt erst zwei Minuten später und zusätzlich um 15:02 Uhr und 17:02 Uhr, um sich nicht mit der benachbarten Kirche zu überschneiden.

Einheimische flanieren vorbei. Einige bleiben vor einem Straßenkünstler, der im Clownkostüm jongliert, stehen und werfen Münzen in einen Korb.

Das lebendige Treiben am Marienplatz zieht mich in seinen Bann. Die Touristen, die in größeren oder kleineren Gruppen die Sehenswürdigkeiten der Stadt bestaunen, und die Einheimischen, die in den Cafés und Bars sitzen, führen fröhliche Gespräche und Lachen. In dem Gedränge falle ich kaum auf, was mir in diesem Moment nur recht ist, denn ich bin vor Aufregung ein wenig nervös.

Der Fischbrunnen, ein historischer Treffpunkt im Herzen der Stadt, ist umringt von Menschentrauben, die auf ihre Verabredungen warten oder einfach nur das geschäftige Treiben beobachten. Ich schaue gespannt herum, die Augen auf der Suche nach einem bekannten Gesicht. Mein Herzschlag beschleunigt sich, während ich in die Gesichter der Männer blicke, die sich um den Brunnen herum aufhalten.

Einer von ihnen, ein Mann mit Vollbart und kräftiger Figur, passt fast ins Bild, doch beim näheren Hinsehen wird klar, dass er nicht Peter sein kann. Meine Gedanken drehen sich kurz um mögliche Veränderungen seit dem Foto, aber das scheint nicht der Fall. Der Vollbartträger schaut zwar in meine Richtung, zeigt jedoch kein Zeichen von Wiedererkennen.

Mein Blick schweift weiter und bleibt an einem anderen Mann hängen. Attraktiv, Ende vierzig, mit einem offenen Lächeln im Gesicht, das mir sofort vertraut erscheint. Unsere Blicke treffen sich und ich spüre ein Kribbeln. Diesmal bin ich sicher. Das muss Peter sein.

Gekleidet in einem modernen, gut geschnittenen Anzug strahlt er Eleganz und Selbstbewusstsein aus. Der Anzug betont seine durchtrainierte Figur perfekt und als er auf mich zukommt, entdecke ich ein charmantes Lächeln, das meine Nervosität sofort besänftigt.

„Peter?" frage ich etwas zögerlich, während ich auf ihn zugehe.

„Ja, der bin ich", bestätigt er mit einer Stimme, die genauso angenehm ist, wie ich sie mir vorgestellt habe. Sein Lächeln ist einladend und ich bemerke, dass er mich ebenfalls von Kopf bis Fuß mustert.

„Dein Foto hat nicht zu viel versprochen", sagt er aufrichtig.

Mir entgeht nicht, dass er mich von oben bis unten abscannt. Gesicht, Titten, Figur, Arsch, Beine.

„Deins auch nicht", erwidere ich, erfreut über den guten ersten Eindruck. Er hat eine angenehme Stimmfarbe. Nicht nur das. Der Kerl sieht richtig gut aus. Ein jugendlich wirkender Endvierziger. Vielleicht Anfang fünfzig, wenn er sich gut gehalten hat. Groß und breitschultrig mit einem schelmischen Grinsen im Gesicht.

Die Situation ist etwas angespannt. Keiner von uns weiß offenbar, wie man sich begrüßen soll. Mit einem Händedruck oder gar mit Umarmung und einem Küsschen auf die Wange. Ich versuche locker zu wirken zeige, nach vorn. „Gleich um die Ecke ist ein Café. Wollen wir uns da mal ein bisschen unterhalten?"

Er nickt. „Klar, das kenne ich. Es ist ganz nett dort."

Während wir den Marienplatz überqueren, überlege ich krampfhaft, mit welchem Thema ich ein interessantes Gespräch beginnen kann. Ich bin weder gut noch erfahren im Smalltalk. Und dann noch das erste Date nur zum Ficken. O mein Gott, was tue ich da? Endlich gestehe ich mir ein, richtig scharf zu sein und dass ich Peter gerne nackt sehen und auch anfassen möchte.

Ich beschließe den einfachsten Weg zu gehen und ehrlich zu sein. „Puh, ich bin ganz schön aufgeregt! Ich mache so etwas zum ersten Mal."

„Na ja, ganz so erfahren bin ich auch nicht", er grinst sympathisch. „Aber heute geht's ja erst mal nur ums Kaffeetrinken und kennenlernen", schiebt er nach und zwinkert mir zu.

Ich spüre, wie Farbe in mein Gesicht schießt. Wie peinlich, ich laufe rot an. Fühle mich wie ein Teenager beim ersten Date.

Im Café bestellt er einen Cappuccino, ich einen Latte macchiato. Meine innere Ruhe kehrt zurück. Ich rede mir ein, dass ich nicht zum Bewerbungsgespräch hier bin und er schließlich mit mir ins Bett möchte. Nun, ich natürlich auch mit ihm. Das heißt, wenn es auch vom menschlichen her passt. Also von seiner Einstellung zum Leben, wenn er kein Vollarsch ist.

Er möchte Sex, ich möchte Sex und bisher reicht die Chemie dafür aus.

„Warum sind die Begegnungen mit deiner ersten Affäre im Sande verlaufen?", frage ich. Oh Mann, wie neugierig. Das ist wohl eine typische Frauen-Frage. „Sorry, wenn ich solche Fragen stelle, aber es interessiert mich einfach", schiebe ich hinterher.

„Das ist kein Geheimnis und schnell erzählt."

Seine Stimme klingt locker und entspannt. Entweder ist er vollkommen ehrlich oder ein durchtriebener Betrüger und

Lügner. Zweiteres glaube ich nicht. Dafür habe ich ein viel zu gutes Gespür für Menschen. Ich lausche seinen Worten.

„Wir haben uns ein paarmal getroffen und es war ganz interessant, aber nicht wirklich das, was ich mir vorgestellt hatte. Ich habe mich dann immer seltener bei ihr gemeldet und irgendwann gar nicht mehr geantwortet. Und von ihr kam auch nichts mehr. Keine Nachfrage in jeglicher Hinsicht. Somit betrachte ich die Sache als ausgelaufen. Es war ein Versuch, der eben nicht geklappt hat."

Ich weiß nicht genau, was ich von dieser Antwort halten soll. „Was genau stellst du dir denn vor, wenn ich fragen darf? Wie wäre es für dich perfekt?", frage ich, greife zu meinem Glas und nehme einen Schluck.

Er sieht mich nachdenklich an. Hinter seiner Stirn arbeitet es. „Ideal wäre es, wenn man schon beim Gedanken an den nächsten Sex mit der betreffenden Person eine Erektion bekommt."

Ich verschlucke mich, muss lachen. „Die Antwort ist wirklich gut. Du hast Humor. Aber so richtig ist meine Frage nicht beantwortet."

Seine Schlagfertigkeit gefällt mir. Er hat mehr als mein Interesse geweckt und ja, er sieht verdammt sexy aus. „Ich formuliere die Frage um. Was treibt einen so gutaussehenden Mann wie dich auf eine solche Seite?"

„Ich könnte dir die gleiche Frage stellen", kommt es süffisant zurück. Er nimmt einen Schluck seines Cappuccinos, stellt die Tasse wieder ab und sagt: „Bei mir verhält es sich momentan so. Ich habe tatsächlich nicht viel Zeit und bin beruflich sehr eingespannt. Zudem suche ich momentan keine feste Partnerin. Eine Frau für die gewissen Stunden wäre für mich ideal."

Ich nagle ihn fest. „Du suchst also reine Sextreffen?"

Peter lehnt sich entspannt zurück. „Es wäre natürlich schön, wenn sich auch eine Freundschaft daraus entwickelt, sozusagen die berühmte Freundschaft Plus. Sex ohne Verpflichtungen. Mir fehlt Sex, aber keine Frau für den Alltag. Ich denke, das trifft es am besten. Ich möchte keine Gefühlsduselei."

Mir fällt auf, dass nur ich Fragen stelle und keine Gegenfrage kommt. Ich nicke und überlege, ob meine Gedanken und ich als Person ihn überhaupt interessieren. Ich nehme einen Schluck von meinen Kaffee. Oder möchte er mich erst mal etwas besser kennenlernen, um dann gezielt Fragen zu stellen? Hm … vielleicht denke ich aber auch zu viel.

Und dann kommt sie. Die erste Frage.

„Und du? Denkst du, dass es zwischen uns beiden klappen könnte?"

Das war direkt. Kein Umweg, sondern mitten auf die Zwölf. Mir wird heiß und kalt. Ich denke an Anna und ihre Worte. Peter sieht mir in die Augen. Fesselt meinen Blick, saugt sich fest. Spürt er meine Nervosität?

Was hatte Anna mir gesagt? Kati, wach auf! Lass dich wieder mal richtig durchvögeln!

Alles oder nichts, denke ich in diesem Moment, versuche verführerisch zu grinsen und sage: „Wenn es nach mir ginge – ich wäre schon neugierig."

Peters rechte Hand greift über den Tisch. Er legt sie auf meine linke. Es fühlt sich angenehm an.

„Was meinst du? Sollen wir uns privat bei einem von uns treffen oder anfangs in ein Hotel gehen?"

„Hotel fände ich geil", kommt es von mir spontan. Man hat immer eine Fluchtmöglichkeit und beim Einchecken sind Personalien bekannt zu geben. Das bietet etwas Sicherheit. Zudem stelle ich es mir spannender vor.

„Soll ich uns für nächste Woche ein Hotelzimmer buchen? Dann können wir … sagen wir mal ... an einem neutralen Ort das nähere Kennenlernen fortsetzen."

Mein Herz klopft immer schneller, meine Brustwarzen stellen sich auf. „Gerne."

41

Er wirft einen Blick auf die Uhr. „Tut mir leid, ich bin zum Squash verabredet, sonst würde ich länger bleiben. Du bist nicht nur gut aussehend, sondern auch richtig sympathisch."

„Oh, Danke schön." Ich glaube, ich werde schon wieder rot. Er steht auf. „Wenn es für dich okay ist, übernehme ich die Rechnung."

Nachdem Peter weg ist, möchte ich am liebsten Anna anrufen und ihr alles erzählen, doch ich entscheide mich erst einmal dagegen. Ich möchte noch etwas abwarten und das Date sacken lassen.

Später, entscheide ich, trinke aus und gehe.

Bevor ich in die U-Bahn nach Hause steige, statte ich spontan der Unterwäscheabteilung im Kaufhaus noch einen Besuch ab. Ich bin beschwingt, habe fast ein feuchtes Höschen und bin in absoluter Kauflaune für sexy Wäsche. Auf keinen Fall will ich Peter mit hautfarbener Unterwäsche aus der Fassung bringen.

Ich werde ziemlich schnell fündig und nehme zwei schwarze Spitzen-BHs mit in die Kabine. Gleich der Erste davon passt fantastisch. Zufrieden betrachte ich mich im Spiegel. Er zaubert ein perfektes Dekolleté und sitzt einwandfrei. Ich zögere nicht lange, suche einen hübschen und ebenso sexy aussehenden Slip, zahle und fahre nach Hause. Ich kann es kaum glauben. Ich habe mich mit einem wildfremden Kerl getroffen und für Sex verabredet. Das Leben ist plötzlich unglaublich aufregend geworden. Es hilft nichts. Ich kann das garantiert nicht für mich behalten. Ich werde heute Abend Anna anrufen und ihr alles erzählen.

Zu Hause schalte ich den Laptop an. Eine neue E-Mail. Sie ist von Peter. Na, das ging doch schnell. Solch ein Smartphone ist eine geile Erfindung.

„Hi meine Schöne! Wow, du hast mich richtig verzaubert! Ich habe für nächsten Mittwoch ein Zimmer im *Royal In* Nähe

Hauptbahnhof reserviert. Das ist nicht so teuer und liegt zentral. Die Zimmer sehen auf der Homepage des Hotels recht gemütlich aus und die Bewertungen sind auch gut. Magst mir noch deine Handynummer geben? Ich schreibe dir eine Nachricht auf WhatsApp, sende eine SMS oder melde mich, wo immer du angemeldet bist, sobald ich da bin. Damit du nicht versehentlich ins falsche Zimmer gehst, ha, ha."

Der weiß aber, wie's funktioniert, denke ich, während mir blitzartig ein Gedanke durch den Kopf schießt: Die Hotelrechnung, die Jutta in der Tasche ihres Mannes gefunden hatte. Warum hinterlässt das gerade einen seltsamen Nachgeschmack bei mir? Vielleicht, weil mich soeben das Gefühl beschleicht, dass es auf dieser Welt scheinbar kaum noch Männer gibt, die ihre Frauen nicht betrügen? Sofort werfe ich den Gedanken wieder aus dem Kopf. Ich möchte dieses Treffen und Peter scheint mir ehrlich zu sein. Er bekommt meine Nummer.

Bestens gelaunt schalte ich das Radio ein. Passend wie die Faust aufs Auge läuft Westernhagens *sexy*. Ich stimme in den Refrain mit ein und tanze durch die Wohnung. Der Mittwoch kann kommen.

Die Woche vergeht wie im Flug und plötzlich ist er da. Der Tag meines ersten Abenteuers ist gekommen. Ich gehe heute etwas früher vom Büro nach Hause, um mich herzurichten. Ein ausgiebiges Bad und sorgfältige Rasur von Beinen, unter den Achseln und der Muschi.

Letzteres auf Anraten von Anna blitzblank. „Mach da nicht lange herum, von wegen einen Streifen Haare stehen lassen oder so", meinte sie „so kannst du dich oral richtig verwöhnen lassen und kein Härchen stört ihn dabei."

Ich liebe ihre Offenheit. Sie klang beim letzten Telefonat so aufgewühlt, als wäre sie gerne zum Treffen mitgegangen.

Als ich die Wohnung verlasse, bin ich so aufgeregt, dass ich Peter am liebsten abgesagt hätte. Ich fühle mich wie ein Kind, dass es nicht erwarten kann, endlich die Geschenke auszupacken, die unter dem Weihnachtsbaum liegen.

Ich muss die Nervosität unterdrücken und gehe zielstrebig in den nächsten Supermarkt. Ich gehe zur Kasse, betrachte die kleinen Schnäpse, greife zu und kaufe einen davon. Beruhigungsmedizin. Ich gehe raus und husche in die nächste Seitenstraße. Als ich mich unbeobachtet fühle, öffne ich das Fläschchen. Es waren nur drei kleine Schlucke. Es rinnt warm die Speiseröhre runter.

Eine ältere Dame geht vorbei, schaut mich an, sieht das Fläschchen in meiner Hand und schüttelt verständnislos mit dem Kopf. Ich kenne sie nicht und demzufolge ist es mir egal. Ich habe jetzt keine Zeit, mich zu schämen.

Ich fahre mit der U-Bahn fünf Stationen bis zum Hauptbahnhof, wähle den richtigen Ausgang und gehe zum Hotel.

Die Spannung wächst, ich habe sogar weiche Knie.

Ein Blick auf mein Smartphone. Eine Nachricht von Peter. „Zimmer 224. Kuss."

Kurz und bündig. Ich gehe die Straße entlang und stehe nur wenige Minuten später vor dem *Royal In*. Kräftig durchatmen. Ich betrete die Lobby, orientiere mich kurz und durchquere den Raum in Richtung Lift.

Ich bilde mir ein die Blicke der Rezeptionistin in meinem Rücken zu spüren. Es ist, als würde sie wissen, weshalb ich hier bin.

Ich steige in den Fahrstuhl und fahre in den zweiten Stock. Dort halte ich mich rechts und gehe den Flur entlang, finde das Zimmer und klopfe ohne zu zögern sofort an. Ich möchte rein, bevor ich es mir doch noch anders überlege. Schritte im Zimmer. Peter öffnet. Er sieht super aus. Sein Hemd hängt offen über der Hose. Die Brust ist leicht behaart, der Bauch flach und sportlich, jedoch ohne ein ausgeprägtes Sixpack zu zeigen.

Ich trete ein, husche an Peter vorbei. Er schließt hinter mir die Tür. Wir stehen uns gegenüber. Ich muss meinen Kopf etwas nach hinten beugen, um ihn in die Augen zu sehen.

So groß habe ich ihn gar nicht in Erinnerung. Er überragt mich beinahe um einen Kopf. Ich bin allerdings auch nur 1,60 Meter groß und habe heute, im Gegensatz zum ersten Treffen in der Stadt, flache Schuhe an.

„Hallo meine Schöne", sagt er und beugt sich zu mir, um mich zu küssen.

Seine Lippen sind angenehm warm und er schmeckt nach Pfefferminz. Ich gewähre seiner fordernden Zunge Einlass und genieße den sinnlichen, langen Kuss.

„Mhmm, das war schön", flüstert er und lächelt mich mit glänzenden Augen an. „Ich liebe es zu küssen."

„Ich auch", sage ich, stelle meine Tasche ab und schlüpfe aus den Schuhen. Das Zimmer ist nicht riesig, aber groß genug. Links neben der Tür befindet sich das moderne Badezimmer mit Dusche. Das Doppelbett nimmt den meisten Platz ein. Ein Schreibtisch, ein Stuhl und ein Sessel bilden das restliche Mobiliar. Der Vorhang ist zugezogen.

Peter deutet auf den Schreibtisch. „Ich habe uns etwas mitgebracht."

Ich sehe eine Flasche Sekt und zwei Gläser.

„Das ist eine verdammt gute Idee", sage ich und schon macht es plopp. Die Flasche ist offen und Peter schenkt ein. Er reicht mir ein Glas und wir stoßen an.

„Auf eine verheißungsvolle Verbindung!" Sein glühender Blick bohrt sich in meine Augen. Hastig trinke ich ein paar Schlucke. „Schmeckt gut", lobe ich und stelle mein Glas zurück auf den Schreibtisch neben das von Peter. Er nimmt mich in den Arm und küsst mich noch einmal. Jetzt sind seine Lippen und seine Zunge schon wesentlich fordernder. Wilder als vorher. Seine Hände wandern von den Schultern nach vorn, legen sich um meine Brüste und drückten sie sanft. Es ist ein schönes Gefühl und ich spüre, wie sich Erregung in mir ausbreitet. Ich möchte ihn fühlen und streife sein Hemd über die breiten Schultern. Danach befreie ich mich selbst von meinem Shirt und stand nun in meinem neuen Spitzen-BH vor ihm.

„Du siehst richtig gut aus", raunt er in mein Ohr und zieht mich dicht an sich. Seine Hände legen sich um meinen Po und er drückt mich gegen seinen Unterleib, sodass ich durch den Stoff unserer Hosen deutlich seine Erregung spüre.

Mich drängt es danach, ihn anzufassen. Ich habe schon so lange keinen Mann mehr gehabt und spüre, dass ich regelrecht ausgehungert bin. Die letzten Male mit Alex streiche ich dabei aus meinem Gedächtnis. Das war pillepalle und kein Sex. Jetzt steht ein Mann vor mir, der scheinbar weiß, was er will.

Ich streichle über seine Brust. Langsam gleiten meine Hände nach unten. Mutig öffne ich den Gürtel und seine Hose. Ich sehe ihm dabei in die Augen. Ein sanfter Ruck und die Hose rutscht bis zu den Knien. Dann fasse ich links und rechts an den Saum seiner Short und ziehe sie ganz langsam nach unten.

Er hat einen Ständer. Sein erregtes Glied springt mir förmlich entgegen. „Oooh!", sage ich, sehe erst ihn, dann seinen Schwanz mit großen Augen an.

Mir gefällt, was ich sehe. Sein Teil hat eine stattliche Größe und ich freue mich richtig darauf, ihn zu spüren … später.

Zuerst möchte ich genießen und Peter so richtig einheizen. Er schlüpft aus Hose und Short und steht nun splitternackt vor mir, während ich noch mit Hose und BH bekleidet bin. Ich greife nach meinem Glas und nehme einen weiteren großen Schluck Sekt. Langsam beginnt der Alkohol zu wirken und enthemmt mich. Ich werde mutiger und geiler. Ich gehe vor Peter in die Knie und nehme seinen Schwanz in die Hand. Er ist nicht beschnitten. Ich ziehe die Vorhaut leicht zurück und wiederhole den Vorgang zwei, dreimal. Dann lecke ich über die glänzende Eichel. Sein Penis zuckt. Peter stöhnt leicht. Als ich ihn komplett in den Mund nehme, stöhnt er lauter und länger.

„Ahh … ist das schööön."

Meine Lippen schließen sich um sein Glied und ich beginne genüsslich daran zu saugen. Dann lasse ich den Schwanz aus dem Mund gleiten und lecke über die gesamte Länge seines

Schafts. Er schmeckt gut, er riecht gut. Ich genieße den Moment. Endlich kann ich wieder einmal einen harten Schwanz blasen.

Ich gleite mit Zunge und Lippen auf und ab, während sein Stöhnen zunimmt. Er umklammert meinen Kopf und drückt den Ständer damit noch tiefer in meinen Mund, was bei mir einen leichten Würgereflex auslöst.

„O Gott Katja – du bist eine richtige kleine Hexe!"

Er lockert den Griff und zieht mich mit seinen starken Armen nach oben. Dann hebt er mich hoch, als wäre ich ein Leichtgewicht, dreht sich einmal um die Achse und setzt mich aufs Bett. Er greift um mich herum und öffnet mit geübten Fingern meinen BH. Mein üppiger Busen springt freudig aus seinem Gefängnis.

Peters Blick ist ungeniert auf die Titten fixiert. Das wiederum heizt mich derart an, dass sich die Nippel hart aufstellen. Er drückt mich aufs Bett und beugt sich über mich. Mit den Händen umfasst er beide Brüste und presst sie zusammen, um dann sanft an meinen Brustwarzen zu saugen.

Ein wohliger Seufzer springt aus meiner Kehle. Ich bin schon richtig feucht und bereit für so viel mehr. Als er mir die Hose auszieht und ich nur noch in meinem schwarzen Slip vor ihm liege, hätte ich ihn fast angebettelt, alles mit mir zu machen, was er möchte. Im selben Moment merke ich jedoch, dass ich das gar nicht erbetteln muss. Er tut es einfach von sich aus.

Peter zieht meinen Slip im Schritt zur Seite. Meine feucht glänzende Muschi kommt zum Vorschein. Mit Zeige- und Mittelfinger massiert er leicht meinen geschwollenen Kitzler.

Oh mein Gott, fühlt sich das gut an!

Kaum zu glauben, aber ich spüre, wie ich noch feuchter werde. Richtig klitschnass. Ich bin so bereit für ihn.

Er zögert es weiter hinaus und ersetzt seine Finger durch die Zunge. Sorgsam leckt er durch meine Spalte, um dann meine empfindlichste Stelle zu reizen.

„Bitte ... nicht aufhören", höre ich mich selbst flüstern.

Peter denkt nicht ans Aufhören und leckt weiter. Er treibt mich mit seiner Zunge in den hellen Wahnsinn. Jetzt nimmt er zusätzlich seinen Zeigefinger zu Hilfe und führt ihn tief ein. Sanft bewegt er ihn hin und her, während die Zungenspitze über dem Kitzler tanzt.

Er hebt kurz den Kopf an. „Spürst du das?"

„Ja", keuche ich.

„Willst du mich spüren?", flüstert er und leckt weiter.

Ich bin kurz vor einer Explosion. „Jaaa."

Peter zieht meinen Slip ganz runter und spreizt meine Beine weit auseinander. Er kniet sich zwischen meine Schenkel, streift sich ein Kondom über und lässt sich so weit herabsinken, bis seine Eichel an meinen Eingang stößt.

Ich merke schon jetzt, dass er mich komplett ausfüllen wird. Voller Vorfreude recke ich ihm mein Becken entgegen. Endlich schiebt er seinen Schwanz ganz langsam in mich hinein. Vorerst nur bis zur Hälfte, damit ich mich an seine Größe gewöhne. Er zieht ihn zurück, um mit dem nächsten Stoß ganz in mich einzudringen.

Gleichzeitig stöhnen wir auf.

Was für ein Gefühl. Atemraubend.

Während er sich langsam in mir bewegt, gehe ich im Takt mit und es ist haargenau so, wie ich es mir vorgestellt habe. Er füllt jeden Millimeter in mir aus. Ich spüre ihn so intensiv, dass ich gar nicht anders kann, als wohlig zu stöhnen und ihn anzuspornen, indem ich meine Beine um seinen Rücken schlinge, damit er noch tiefer in mich eindringen kann.

Seine Bewegungen werden schneller und seine Stöße härter. Ich weiß, dass ich nicht mehr lange brauche, um zu kommen. Plötzlich verlangsamt er sein Tempo und zieht sich keuchend aus mir zurück. Er kniet sich vor mich hin, sieht mich mit fiebrigem Blick an und sagt kompromisslos: „Dreh dich bitte um, Süße!"

Unter anderen Umständen hätte ich mich geschämt, da ich meinen Po nicht unbedingt als meine Schokoladenseite empfinde. Daher bin ich von mir selbst erstaunt, wie egal mir das im Moment ist. Ich möchte einfach nur in vollen Zügen genießen. Also drehe ich mich um, lege mich auf den Bauch und schon greift Peter zu und zieht mich an den Hüften nach oben. Ich halte ihm mein Becken hin, liege mit dem Oberkörper aber bequem auf dem Bett. Er kniet genau hinter mir, setzt seinen prallen Schwanz am Eingang meiner nassen Lusthöhle an und schiebt ihn rein. Das Gefühl seines langsam eindringenden Pfeilers ist unbeschreiblich geil. Ich muss mich am Kissen festhalten, um meine Lust nicht laut hinauszuschreien, während er mich von hinten mit tiefen Stößen attackiert. Ich habe noch nie so viel Lust verspürt wie in diesem Moment. Es ist wunderschön, wie ich mich gehen und fallen lassen kann. Mein ganzes Denken ist komplett ausgeschaltet. Ich gebe mich der Begierde mit meinem ganzen Körper hin.

Es ist unglaublich intensiv und erfüllend und ich weiß kaum noch, wo ich bin und wer ich bin. Zwischendurch spüre ich immer wieder einen kräftigen Klaps auf meinen Hintern. Dann zieht Peter meine Pobacken auseinander und spielt an meinem Anus.

Schließlich kann ich mich nicht mehr halten. Der herannahende Orgasmus überflutet mich wie eine riesige Welle und für einen Moment ist es tatsächlich, als würde sie mich völlig überspülen und in eine andere Welt tragen. Ich bin wie weggetreten, schwebe in einem tranceartigen Zustand. Meine Vagina zuckt innerlich und ich stöhne in der Erfüllung meiner Ektase laut.

Darauf scheint Peter nur gewartet zu haben, denn nach wenigen weiteren Stößen gibt auch er ein tiefes Knurren von sich. Er zieht den Schwanz aus mir heraus, dreht mich um, zieht das Kondom ab und ich sehe, wie er einen immensen Schwall Samenflüssigkeit auf mich schießt. Mit mehreren Stößen verteilt sich das Sperma auf meinem Bauch und den Brüsten.

Es fühlt sich wunderbar warm und feucht an. Ich helfe, indem ich den Schwanz umfasse und reibe. So hole ich auch noch den letzten Tropfen Sperma aus ihm heraus. Ich lasse los.

Peter verharrt noch einen Moment und wartet, bis unser Keuchen sich beruhigt. Dann fällt er neben mir aufs Bett. Wir liegen da und starren befriedigt an die Decke des Hotelzimmers. „Das war der Wahnsinn", sagt er, als wir wieder ruhig atmen können. „Du bist eine richtige Granate!"

Ich bin fast etwas verlegen. „Na ja, ich war ziemlich ausgehungert."

„Das habe ich genüsslich gespürt", grinst er und küsst mich auf den Mund.

Er steht auf, geht zum Schreibtisch und füllt unsere Gläser mit Sekt. Ich beobachte das Prickeln im Glas. Er ist noch kühl. Wir stoßen an. Es schmeckt herrlich.

„Was sind deine geheimsten Fantasien?", fragt Peter.

Ich überlege. Insgeheim hege ich schon lange den Wunsch, mich einmal mit einer Frau zu vergnügen, aber das möchte ich ihm eigentlich nicht sagen. Zumindest nicht direkt. Sofort schießt mir mein zweiter Wunsch in den Kopf, der an und für sich den Erstwunsch inkludiert.

Peter richtet sich auf, nimmt sein Sektglas und trinkt. Ich betrachte den sportlichen Body. Sein Bizeps spannt sich kurz an und wölbt sich auf. Muskeln treten an der Schulterpartie hervor, um sich wieder einzuschmiegen, als er das Glas abstellt und sich hinlegt.

„Ich stelle mir manchmal vor, wie es wohl zu dritt wäre", sage ich leise und entspannt.

„Zwei Männer?", hakt er sofort ein und mir kommt es vor, als ob er vielleicht einen Kumpel hat, den er zu einem Treffen mitbringen möchte. Vielleicht täusche ich mich aber auch und unterstelle ihm da etwas.

Ich schüttle kurz den Kopf. „Nein, ich dachte dabei an ein Paar. Also eine Frau als Mitspielerin", erkläre ich und setze gleich nach. „Hattest du das schon mal?"

„Einen Dreier? Ja. Tatsächlich. Mit zwei Frauen, aber das war vor fast zwanzig Jahren. Hat sich damals zufällig nach einer Party so ergeben. Ich war mit zwei Mädels aus meiner damaligen

Clique auf dem Heimweg. Wir waren alle drei nicht mehr nüchtern und blödelten herum. Eine von ihnen war dabei richtig heiß geworden und lud uns mit gewissen Hintergedanken noch spontan zu sich nach Hause ein. Auf ein Gläschen", schmunzelt er. „Sie servierte es bereits splitternackt. Die Girls haben mich dann regelrecht verführt."

Ich sehe ihn an und frage mich, warum das immer anderen und nicht mir passiert. Ich bremse mich ein. Von wegen Dreier oder Vierer für Sex. Wenn ich ehrlich zu mir selbst bin, muss ich eingestehen, dass ich aus der Praxis nicht mehr als drei Stellungen kenne. Sofort weiß ich, wo ich ansetzen muss. Ich habe so einiges im Leben verpasst. Jetzt wird es Zeit, dass ich Sex so richtig erlebe und ihn genieße.

Mein Entschluss ist gefasst. Es gibt noch viele Dinge zu erleben und zu entdecken. Das heutige Date ist erst der Anfang eines geilen Weges.

Peter ist klasse. Er ist Lover und Gentleman in einem. Ich fühle mich in seinen Armen geborgen. Was mir im Moment aber noch viel wichtiger erscheint ist, dass er mich begehrt. Er will mich. Voll und ganz. Er streichelt mich und macht mir Komplimente. Er verlangt nach meinem Körper und meinen Sex. Er steht auf mich. Ich fühle mich als Frau, als eine begehrte, attraktive, geile Frau. Ich habe mich fallen lassen können.

Ein Lächeln huscht über mein Gesicht. Meine Hände wandern in Peters Schoß, umfassen seinen Schwanz und beginnen zu spielen. Ich kann es kaum fassen. Ich möchte ihn schon wieder spüren.

„Mal sehen, wie lange ich brauche, bis er wieder steht", höre ich mich sagen. Ich beuge mich nach unten und schon übernimmt meine Zunge den Part der Finger. Ich lasse das noch schlaffe Glied in meinen Mund gleiten und spüre, wie es sich langsam aufstellt.

„Du bis ein richtig geiles Luder", flüstert Peter. „Ich will dich dabei lecken. Knie dich über mich!"

Ich komme der Aufforderung nach. Ich liebe die klassische 69er Stellung.

Was für ein geiler Abend.

3

„Na, wie war's?" Anna schreit fast ins Telefon, so aufgeregt und neugierig ist sie.

Ich kann mich nicht zurückhalten. Wie aus einem Springbrunnen rattern die Wörter über meine Lippen. „Es war einfach ... Wow! Ich hätte nie gedacht, dass ich gleich beim ersten Mal so heißen Sex erleben würde. Peter hat einfach ein Riesending in der Hose und er kann damit verdammt gut umgehen. Zudem küsst er wie ein junger Gott."

„Erzähl mir mehr", bettelt meine Freundin und um sie nicht gänzlich vor Neugierde sterben zu lassen, erzähle ich brühwarm, bis auf ein paar kleine Details, wie mein erstes Fick-Date abgelaufen ist. Gelegentlich nehme ich einen Schluck von dem Ingwerwasser, dass ich frisch zubereitet habe.

Es kommt keine einzige Zwischenfrage. So kenne ich Anna gar nicht. Nachdem ich fertig bin, weise ich sie noch darauf hin, dass ich ein paar Kleinigkeiten ausgelassen habe. Alles muss sie wirklich nicht erfahren. „Weißt du, meine Süße, zu gewissen Sachen schweigt eine Lady und genießt."

Meine weltbeste Freundin ist baff. „Boah, du hast es durchgezogen. Wahnsinn. Klasse. Sensationell."

„Danke für den Tipp mit dem Portal und die Ermunterung mich zu trauen."

„Gerne", kurze Pause.

Ich kenne sie gut genug, um zu wissen, dass jetzt eine Frage folgt.

„Wann seht ihr euch wieder? So einen Kerl muss man auskosten, solange es geht."

Damit hat sie einen etwas wunden Punkt getroffen, denn ich weiß selbst nicht so genau, wie es mit Peter weitergeht und wie oft er sich mit mir treffen möchte.

„Um ehrlich zu sein ... hm ... keine Ahnung. Heute Morgen hat Peter eine WhatsApp geschrieben: Süße, es war wundervoll! Ich hoffe, wir können das bald mal wiederholen!"

Anna hakt nach. „Weißt du etwas über ihn? Adresse oder so etwas?"

Ich schüttle instinktiv ganz leicht den Kopf. Mein Haar flattert ins Gesicht und ich wische es mit einer Bewegung wieder zur Seite. „Nein, er aber auch nicht von mir."

„Spannend", meint Anna. Ich kenne sie nur allzu gut. Sie setzt in diesem Moment ganz sicher ihr *ich-überlege-grad-Gesicht* auf.

Bevor ein Einwand kommt, gehe ich in die Offensive und spreche aus, was mich beschäftigt. „Mich beschleicht irgendwie das Gefühl, dass er mir etwas verschweigt. Peter hat nur erzählt, dass ihn sein Job momentan zeitlich sehr beansprucht. Und ich weiß, dass er Squash spielt."

„Meinst du, er ist doch nicht solo?"

Ich habe mit dieser Frage gerechnet. Sie ist auch berechtigt. „Kann sein. Er hat sein Privatleben recht bedeckt gehalten. Und was er genau beruflich macht, weiß ich auch nicht. Er kam zum Treffen direkt aus dem Büro und trug einen Anzug."

Anna schnauft ins Telefon. „Würde es dich stören, wenn er verheiratet wäre?"

Ich überlege und kann tatsächlich nicht sagen, ob es mich stören würde. Affäre bleibt Affäre. Niemand bindet sich. Also antworte ich offen und ehrlich: „Ich weiß nicht. Der Sex war einfach fantastisch und ich würde das gerne wiederholen. Ich darf eben nicht darüber nachdenken, ob er Frau und Kind zu Hause hat. Ich genieße einfach den Moment, die Berührungen und die Lust, die ich so lange vermisst habe."

Als ich später im Bett liege und noch einmal alles Revue passieren lasse, bleibe ich immer wieder an einem Punkt hängen. Ist er vergeben? Diese Frage beschäftigt mich doch mehr, als ich anfangs dachte. Wie auch immer. Ich kann sie nicht beantworten.

Ich zucke leicht mit den Schultern und denke, dass ich trotzdem noch einmal gerne mit ihm vögeln möchte. Wenn er verheiratet ist und eine Familie hat, ist das im Grunde sein Problem und nicht meines. Je intensiver ich darüber nachdenke, umso mehr gestehe ich mir ein, dass ich das gar nicht so genau wissen möchte. Allerdings lege ich ein paar für mich grundsätzliche Vorstellungen von einer Affäre fest. Ich möchte regelmäßige Treffen und nicht nur alle paar Wochen auf Abruf schnell in ein Hotel flitzen, um dort geil mit ihm zu vögeln, um danach wieder auf seiner Warteliste zu landen. Er muss für mich erreichbar sein und ich möchte Ehrlichkeit. Keine Geheimnisse! Wenn er vergeben ist, möchte ich das wissen.

„Kati, du stehst jetzt selbstsicher mit beiden Beinen im Leben. Du gehst in die Vollen und bohrst nach", beschließe ich, kuschle mich ins Kissen und schlummere zufrieden ein.

Freitag. Das Wochenende steht vor der Tür. Ich habe Peter schon am frühen Vormittag angeschrieben und gefragt, wann wir uns wieder treffen können.

Stille im Chat. Das nervt mich ein wenig und ich stürze mich in meine Arbeit.

Feierabend. Ein Blick aufs Smartphone. Immer noch keine Antwort. Er hat auch diese Einstellung, dass die blauen Haken deaktiviert sind. So kann ich nicht erkennen, ob er die Nachricht bereits gelesen hat.

Ich bin ein wenig enttäuscht, denn ich habe den Eindruck, dass er unseren Abend genauso geil und heiß fand wie ich.

Dieses Schweigen verunsichert mich etwas und natürlich frage ich mich, ob es an mir liegt.

Findet er mich doch nicht so geil und anziehend? Steht er ausschließlich auf One-Night-Stands? Quatsch, er hat doch geschrieben, dass er es schön fand und nach einer Wiederholung gefragt. Vielleicht ist er ja tatsächlich beruflich verhindert.

Kopfkino aus – ab nach Hause.

Ich staune nicht schlecht, als ich mein Profil bei *Date-your-fuck.de* aufrufe. Nicht weniger als 52 neue Nachrichten sind in den letzten beiden Tagen eingetrudelt. Noch während ich die Ersten von ihnen lese und unverzüglich in den Papierkorb verschiebe, flattern neue Nachrichten ins Postfach.

„Männer, ihr verwöhnt mich direkt", stoße ich aus und frage mich zugleich, wie denn erst die Postfächer von Frauen aussehen müssen, die Gesichtsfotos oder sogar freizügige Bilder eingestellt haben? Deren Postfächer müssen bestimmt bersten.

Teils nerven die geistfreien Anschreiben, teils ist es amüsant und teils erschreckend. Letzteres, wenn sich die Pseudo-Machos aufführen, als seien Frauen pures Freiwild, die mit jedem sofort ficken wollen. Gut, dass es für solche Schreib-Deppen einen Ignorier-Button gibt. Damit wird jeglicher weitere Besuch unterbunden und ein Anschreiben ist nicht mehr möglich.

Ich muss zugeben, dass es mir Großteils Spaß macht, virtuell angebaggert zu werden.

Frau fühlt sich begehrt. Wem gefällt das nicht?

Ich sitze bereits eine knappe Stunde vor dem Bildschirm und bin immer noch nicht gelangweilt.

Nächste Mail öffnen, denke ich. Oh – wieder mal ein Mann, der schreiben kann.

Ich überfliege ein paar nette Zeilen und sehe mir anschließend sein Profil an.

Ende dreißig und er hat angegeben, dass er Single ist.

Die Nachricht kam letzte Nacht rein. Er ist nicht online. Ich beschließe kurz zu antworten, möchte bei der Wortwahl aber neutral bleiben.

Nicht gleich mit der Tür ins Haus fallen, denke ich mir.

Außer dieser Mail beantwortete ich noch drei weitere Nachrichten, die sich in puncto Niveau positiv von den vielen anderen abheben.

Danach spiele ich ein wenig herum und probiere *die Suchen-Funktion* aus.

Es gibt ein Schema für Geschlecht, Alter, Größe und Gewicht. Dazu noch ein paar Unterpunkte, aber ich beschränke mich auf ein paar Eckdaten und gebe 39 bis 55 Jahre ein, 170 bis 195 cm groß und maximal 90 Kilogramm schwer. Zudem klicke ich *Profile mit Fotos* an. Das macht es natürlich interessanter. Ich gehöre zwar auch zu den Feiglingen ohne Foto, aber das spielt jetzt keine Rolle.

Es rattert kurz und eine ganze Palette von Profilen werden angezeigt, die ich zum Öffnen anklicken kann.

Ich scrolle mich durch, finde allerdings nur wenige hübsche Gesichter. Viele Bilder sind leider nicht aussagekräftig oder die Männer alles andere als mein Geschmack.

Plötzlich reißt es mich. Ich zucke richtig zusammen, als ich auf das Profilbild eines Mannes blicke, der selbstsicher grinst und die Augen dabei hinter einer Sonnenbrille versteckt. Dennoch kenne ich ihn. Ich habe ihn einmal getroffen und dabei auch kurz kennengelernt.

Hier auf dem Foto grinst mich kein anderer Kerl an als Jochen, Juttas Ehemann.

Das darf doch wohl nicht wahr sein! Die arme Jutta! Hat der Typ keine Angst, dass ihn jemand erkennt? Die Brille verdeckt schon einiges vom Gesicht, aber wer ihn kennt, weiß sofort, wer er ist.

Ich stehe auf, werfe den Wasserkocher an und bereite mir erst mal einen Tee zu. Er soll mein vor Wut trommelndes Herz etwas beruhigen. Ich bin sehr aufgeregt.

Wen erkenne ich noch? Vielleicht finde ich auch Alex. Oh mein Gott, habe ich die *Büchse der Pandora* geöffnet?

In kleinen Schlucken trinke ich den heißen Tee. Ich starre auf Jochens Profil und überlege krampfhaft, ob ich Jutta davon erzählen soll.

Uff, er ist *online* gegangen.

Das Zeichen hierfür hat von *Rot* auf *Grün* gewechselt.

Bevor ich mich zu einer Entscheidung durchringen kann, sehe ich, dass Jochen – hier nennt er sich *Harry* – auf mein Profil geht. Und bereits zwei Minuten später flattert eine Nachricht von ihm in mein Postfach.

„Hey Süße, schön, dass dich mein Profil interessiert. Wollen wir uns mal unverbindlich treffen?"

Mich zerreißt es fast innerlich. Was soll ich jetzt tun? Ob ich Jutta wirklich helfe, indem ich ihren Mann verpfeife?

Ist er der Schuldige? Warum kommt es überhaupt dazu, dass er hier versucht, Fick-Dates zu finden?

Mädel, du hast auch mit dem Gedanken an eine Affäre gespielt, als du noch mit Alex zusammen warst, rede ich mir ein. Allerdings kann man mir zumindest so viel Ehre unterstellen, dass ich mit Alex Schluss gemacht habe, bevor ich damit anfing. Insofern war ich ihm treu.

Harry, alias Jochen vögelt fremd. Jutta ahnt es. Also, warum soll ich es nicht sagen?

Ich beschließe das Thema vorsichtig anzureißen. Dann sehe ich, in welche Richtung es sich entwickelt und sollte es passen, schieße ich ihn ab und zeige ihr sein Profil.

Sie wird dann sicherlich Fragen stellen, wie ich auf dieses Portal komme. Na ja, ich muss es ja nicht jetzt und hier entscheiden.

Ich sehe Jochens Profil genauer an. Die Beschreibung passt. Auch das Alter. Er ist 46, sucht Frauen zwischen 25 und 40. Typisch Mann. Denkt, er kann alle haben und natürlich müssen sie jünger sein als er. Angewidert schließe ich das Portal. Ich antworte ihm nicht. Ich konnte Juttas Ehemann damals schon nicht leiden. Ab heute verabscheue ich ihn. Zum Glück ist heute Mädels-Abend. Das bringt mich sicher auf andere Gedanken.

Ich treffe mich mit Anna. Wir gehen ins *Jacksons* etwas trinken. Die Kneipe ist fußläufig erreichbar und das ist heute perfekt. Wir sind beide in Cocktaillaune.

Max, Annas Mann, hat Nachtschicht, ihre 13-jährige Tochter übernachtet bei einer Schulfreundin. Ich liebe solche Konstellationen. Anna und ich nutzen diese *sturmfreien* Zeiten jedes Mal bis zum Letzten aus. Wir sind seit unserer Schulzeit beste Freundinnen und leider viel zu selten zusammen. Das ist der Preis von intaktem Familienleben.

Der erste Drink steht vor uns und wir sind bereits mitten im Thema. Alles dreht sich um Jutta und Jochen.

„Ich würde es ihr nicht erzählen", meint sie. „Misch dich da lieber nicht ein. Am Ende bekommst du noch einen Schuldzuspruch oder dir wird sogar vorgeworfen, die Ehe zerstört zu haben."

Ich höre zu, nicke und nuckle am Strohhalm meines Mojitos. Lecker. Die Mischung ist perfekt.

Anna spricht weiter. „Zudem wissen wir ja nicht, ob sie eine gewisse Teilschuld hat. Wenn er fremdvögelt, wird zu Hause vielleicht *tote Hose* im Bett herrschen. Ein Mann muss seinen Saft loswerden, sonst kommt er auf dumme Ideen."

Ich lache. „Dann war Alex entweder spermaarm oder ist auch fremdgegangen."

„Wie fies", stößt Anna aus und lacht schallend mit.

Wir stoßen an. *Mojito* gegen *Tequila Sunrise*. Wir wechseln das Thema und Anna erzählt mir von ihrer neuen Interims-Chefin. Eine blöde Kuh par excellence, die zum Glück nur drei Monate bleibt, wobei Anna davon vier Wochen Urlaub hat.

Die Stimmung ist klasse und wir reden, lachen und reden wieder. Ich sehe mich immer wieder mal beiläufig im Lokal um und schaue, wer denn noch hier ist. Einfach so, ohne Ziel und Vorhaben. Heute ist es recht voll.

Der zweite Cocktail wird gebracht. Anna quatscht kurz mit dem Kellner und ich bleibe mit den Augen an einem Tisch mit drei Männern hängen. Einer davon kommt mir sehr bekannt vor. Noch während ich überlege, woher ich ihn kenne, kreuzen sich unsere Blicke. Er grinst und hebt sein Bierglas. Ich nehme den *Manhattan*, den ich als zweiten Cocktail ausgewählt habe und proste zurück. In dem Moment fällt es mir ein. Es ist der Mann aus dem Supermarkt. Der Kaki-Mann.

Neugierig dreht sich Anna um. „Habe ich da etwas verpasst?" Sie folgt meinem Blick. „Oho! Wer ist denn das?", fragt sie mit hochgezogenen Augenbrauen. Ihre grünen Augen blitzen interessiert und mir schießt wieder mal Farbe ins Gesicht.

„Nicht so auffällig", spucke ich schnell, leise und bestimmend aus.

Anna beugt zu mir und flüstert. „Wer ist das?", wiederholt sie ihre Frage und sieht wieder hin. „Er schaut dauernd zu uns rüber."

Ich versuche so neutral wie möglich zu bleiben und erzähle die Sache aus dem Supermarkt. „… wie du siehst, nichts Besonderes", schließe ich meine Blitz-Erklärung ab.

„Aha", ist alles.

Mehr sagt sie nicht. Manchmal könnte ich ihr eine kleben. Sie ist oftmals etwas zu direkt. Wieder schaut sie rüber. Dieses Mal bekommt es zum Glück keiner der drei Typen mit.

„Der Typ ist einfach klasse und ich habe den Eindruck, dass du ihm gefällst. Er hat dich vorhin schon wieder anvisiert."

Ich blocke ab. „Erstens sind Männer wie der da garantiert verheiratet und haben zwei Kinder, die zu Hause auf ihn warten und zweitens bin ich, wie du weißt, im Augenblick nicht an einer festen Beziehung interessiert." Ich strecke ihr die Zunge heraus. „Du selbst hast mich auf die Vögel-Mission geschickt."

Wir lachen wieder.

Anna ist direkt wie immer. „Dann vögle ihn doch. Oder noch besser, alle drei."

Wir drehen uns automatisch in Richtung der Männergruppe, um sofort wieder wegzusehen und nochmals zu lachen.

Anna wird wieder ernster. „Wenn man auf seiner Reise durch die Welt der Erotik zufällig auf den Richtigen stößt, dann wäre das auch nicht verkehrt."

„Meine Reise hat gerade erst begonnen und ich habe nicht vor, sie jetzt schon zu beenden. Es gibt noch so viel zu besichtigen", zwinkere ich und grinse frech.

Noch während wir herumalbern, steht die Männerrunde auf und geht zum Ausgang. Sie kommen dabei zwangsläufig an unserem Tisch vorbei. *Mr. Hot-Guy* bleibt kurz stehen. Er lächelt uns nett an. „Hallo und schönen Abend, die Damen."

„Hallo! So klein ist die Welt. Wie hat die Kaki geschmeckt?", frage ich.

„Wir beide scheinen den gleichen Geschmack zu haben. Ich fand sie super."

„Das freut mich. Also kein Anlass zur Beschwerde."

„Keinesfalls", grinst er freundlich. „So ein netter Zufall, dass wir uns schon wieder begegnen. Sollte das in nächster Zeit noch einmal vorkommen, müssen wir fast unsere Handynummern austauschen" Er zwinkert mir zu und ich werde leicht rot. Schon wieder! Mist. Wie peinlich.

„Ich werde Tag und Nacht vor dem Supermarkt stehen", antworte ich schnell und lache dabei. O Kati, wie peinlich war diese Antwort, schimpfe ich mich gedanklich.

„Wie kommt es, dass ich das nicht ganz glaube?", scherzt er.

„Wenn es sein soll, dann werden wir uns ganz bestimmt wieder treffen", gebe ich vor. Irgendwie hoffe ich, dass er mich jetzt schon nach meiner Nummer fragt. Sie von mir aus zu geben, traue ich mich nicht.

„Dann gebe ich die Hoffnung nicht auf. Bis hoffentlich bald", verabschiedet er sich. „Schönen Abend noch."

Als die drei Männer das Lokal verlassen haben, prustet Anna los. „Was war das denn? Ihr seid beide nicht zu retten. Das sieht ein Blinder, dass es zwischen euch Funken sprüht und statt an Ort und Stelle Handynummern auszutauschen, wartet ihr ab, ob das Schicksal euch noch mal zusammenführt." Verständnislos schüttelt sie den Kopf. „Zumindest hat er wohl doch keine

Frau zu Hause sitzen. Sonst hätte er nicht so auffällig mit dir geflirtet."

„Wer weiß? Nach meiner letzten Erfahrung kann ich mir alles vorstellen", erwidere ich.

Das kurze Zusammentreffen mit Mr. Kaki-Unbekannt reicht als Gesprächsstoff für den restlichen Abend. Ich kann mir ungefähr 20-mal anhören, wie dumm ich bin, weil ich nicht nach seinem Namen oder Telefonnummer gefragt habe.

Später, auf dem Nachhauseweg, hat Anna noch einen Gedankenblitz. „Irgendwie kommt mir dein Kaki-Mann bekannt vor", meint sie plötzlich und bleibt stehen.

„Mensch Anna, mir doch auch. Im Supermarkt habe ich schon darüber gerätselt, aber ich komme nicht drauf."

„Sherlock Anna Holmes und Dr. Kati Watson werden das aufklären", blödelt sie herum und kichert.

Ich stimme lustig mit ein. „Ich stopfe uns eine Pfeife, dann lösen wir den Fall."

„Jetzt mal ernsthaft", sie sieht mich an. „Er muss in unserem Viertel wohnen. Vielleicht steigt er morgens auf dem Weg zur Arbeit in die U-Bahn mit ein. Oder er geht immer im gleichen Supermarkt wie wir einkaufen oder wir haben ihn bei Jackson in der Kneipe schon mal gesehen."

„Jep", kommt es kurz und knapp von mir. „Dann stehen die Chancen nicht schlecht, dass ich, du oder wir ihn wiedersehen." Kaum ausgesprochen, stelle ich fest, dass mir dieser Gedanke nicht zuwider ist.

Anna hakt sich bei mir ein. „Komm, Kati. Ich freue mich, dich glücklich zu sehen. Du strahlst und hast eine tolle Außenwirkung bekommen, seit du dich von Alex getrennt hast."

Die Worte tun gut. Anna ist eine tolle Frau.

„Danke, ich bin froh, dass du meine Freundin bist", entgegne ich.

Zu Hause trinke ich ein Glas Wasser und überprüfe meine WhatsApp-Nachrichten. Peter hat geschrieben. Aufgeregt lese ich. Insgeheim stelle ich mir vor, er steht nackt vor mir.

„Gute Nacht, meine Schöne! Süße Träume."

Das ist nicht viel und meine Frage, bezüglich eines Wiedersehens ist nicht beantwortet. Das nervt. Andererseits hat er zumindest etwas geschrieben, nennt mich *Schöne* und wünscht süße Träume. Wenn mich meine Menschenkenntnis nicht täuscht, weiß ich jetzt, dass er noch einmal mit mir vögeln möchte.

Ich bin leicht beschwipst und gut gelaunt. Ich überlege kurz, ob ich ihm antworte und entscheide mich dagegen. Im Bad, schminke ich mich ab und putze meine Zähne.

Vor dem großen Spiegelschrank im Schlafzimmer positioniere ich mich nackt und betrachte mich aus verschiedenen Blickwinkeln. Im sanften Licht der Nachttischlampe sieht meine Haut glatt und geschmeidig aus. Die helle Deckenleuchte möchte ich nicht anschalten. Diesen Realitätsschock erspare ich mir.

Ich habe keine Model-Figur, meine Hüften sind weiblich gerundet, meine Taille schmal und mein Bauch ist in den vergangenen Wochen zu meiner Freude etwas flacher geworden.

Mit den Händen umfasse ich meine vollen, aber nicht zu großen Brüste. Sie fühlen sich weich und warm an. Ich fasse meine Titten gerne an. Ich finde Gefallen an der Berührung. Langsam wandern meine Hände über meinen Bauch und dann weiter hinunter. Meine Hand streicht über den Venushügel und schließlich gleiten die Finger zwischen die Schamlippen.

Ich frage mich, wie es sich wohl anfühlt, eine andere Frau zu berühren und von ihr berührt zu werden.

Ich habe mich beim Masturbieren schon öfter solchen Fantasien hingegeben.

„Eines Tages ... und vielleicht sogar bald", sage ich leise.

Ich erinnere mich an etwas, das ich in den letzten Tagen gelesen habe.

Am Ende eines Lebens bereut man nicht die Dinge, die man getan hat, sondern bereut, was man nicht getan hat.

Sollte es so etwas wie moralisch festgelegten Anstand oder Sitte geben, so habe ich diese Grenze ohnehin schon überschritten. Und es war geil und es ist immer noch geil. Ich lebe nur einmal und möchte alles erleben, was ich mir wünsche. Ich bin frei und ich habe die Möglichkeiten. Ich ziehe es durch.

Im Bett setze ich das Spiel meiner Finger fort. Das Bild von Peter und seinem Riesenschwanz taucht auf, verschwindet und wird von einer Frau abgelöst, die kleine feste Brüste hat.

Mein Blick schweift zum Nachtkästchen.

Nein, heute weder der Womanizer noch der Dildo. Ich möchte jetzt keinen Schwanz spüren, ich möchte in meiner Fantasie mit Brüsten spielen und an einer Muschi lecken. Ich möchte meine Finger daran reiben und an den Schamlippen saugen. Ich will sie feucht, nein, das reicht nicht, ich will sie nass vor mir liegen haben und meine Finger einführen. Sie tief in die Grotte, Fotze, Möse, Pussy oder wie immer man dieses Lustloch bezeichnet, schieben. Ich will die Muschi bearbeiten, beackern, verwöhnen, streicheln … oh mein Gott, bin ich geil … ich will an den kleinen Titten lecken, die Nippel anknabbern.

Ich höre das Stöhnen der Frau – nein, es ist mein eigenes Stöhnen.

Bilder schwirren durch meinen Kopf.

Ich lecke an kleinen, festen Brüsten. Ich spüre, wie ich von Küssen bedeckt werde und der Kopf dieser Frau nach unten wandert, um zwischen meinen Beinen hin und her, auf und ab zu wackeln.

In Gedanken sind meine Finger ihre Finger. Es gibt so vieles, das ich in diesem Moment mit meiner imaginären Freundin anstellen möchte.

Oh mein Gott, ich spüre die Welle. Sie kommt immer näher, immer schneller.

Meine Finger rasen über meine Perle, Bilder rauschen durch mein Gehirn.

Ich komme nicht mal mehr zu dem Gedanken, mit meinem Kopf im Schoß meiner Gedankenpartnerin zu verschwinden. Der Höhepunkt rast heran, überkommt mich, hält mich für einen Augenblick fest und katapultiert mich in eine wunderbare Zufriedenheit.

Ich ziehe die Decke über meine nackte Haut und schließe entspannt die Augen.

Der Großputz in der Wohnung ist erledigt. Entspannt ziehe ich die Gummihandschuhe aus, kippe das Wischwasser weg und bin stolz, dass ich diesmal wirklich nichts ausgelassen habe. Die Bude ist blitzblank.

Mein Vorhaben, laufen zu gehen, verwerfe ich. Mir rinnt der Schweiß in Strömen herab und ich entscheide mich für eine ausgiebige Pause auf dem Sofa.

Nach einer schnellen Dusche husche ich in die Küche. Kurze Zeit später sitze ich endlich auf dem Sofa. Vor mir steht eine große Tasse *Café au lait* und meine Lieblingszeitschrift wartet nur darauf, gelesen zu werden. Ich liebe es zu schmökern, lehne mich zurück und bin glücklich.

Nachdem ich einen Artikel über eine Frau gelesen habe, die erst mit einem Mann verheiratet war und in zweiter Ehe mit einer Frau zusammenlebt, werde ich stutzig. Ich frage mich, ob ich bisexuell veranlagt bin. Meine gestrige Fantasie würde das bestätigen. Lesbisch bin ich sicherlich nicht. Ich stehe auf Männer und liebe es, mit einem Schwanz zu spielen. Dennoch geht etwas in mir vor. Den Reiz des weiblichen Körpers zu erforschen und das Verlangen, Sex mit einer Frau zu haben, drängen sich immer öfter in den Vordergrund.

Ich ziehe gedanklich meinen Hut vor der Verfasserin des Artikels. Sie hat mich inspiriert, meiner Lust nachzugehen und einen Schritt in diese Richtung zu machen. Ich weiß im Moment noch nicht, wie ich das mache, aber ich spüre das verborgene Verlangen.

„Da ist sie wieder", sage ich zu mir selbst. „Diese Lust neue Horizonte erreichen."

4

Wenn man in München an Homoerotik denkt, denkt man vornehmlich an das Glockenbachviertel. Ich weiß zwar nicht, woher dieses Phänomen stammt und ob es auch stimmt, aber im Glockenbachviertel gibt es zumindest einige Etablissements, die mir vielversprechend klingen. Zudem habe ich von unserem Azubi Rolf so ganz nebenbei erfahren, dass er hier gerne seine Touren dreht, weil da immer was geht.

Voller Neugier und extrem aufgeputscht durch den Artikel in der Illustrierten, nehme ich all meinen Mut zusammen. Ich beschließe heute tatsächlich allein wegzugehen und mich blindlings ins Glockenbachviertel zu stürzen. Ich möchte hineinschnuppern in die Welt von erfrischender Sinnlichkeit im Reich der gleichgeschlechtlichen Liebe. Ja, ich möchte die Homoerotik kennenlernen. Ich traue mich!

Meine Recherchen für Bars und Clubs für Frauen verlaufen ungefähr so, als würde man in der Isar auf Walfang gehen. Im Nichts. Für Männer hingegen ploppen einige Lokale auf.

Fies, wo bleibt hier die Gleichberechtigung, schmolle ich für ein paar Minuten.

Recht schnell wird mir bewusst, dass das Problem wohl vor dem Bildschirm sitzt. Dieser Gedanke entlockt mir ein süffisantes Grinsen. Die Wortwahl meiner Suche war echt doof.

Anbahnungslokal für Frauen, hallt es wie ein Echo im Kopf.

Klar, dass bei solchen Suchwörtern keine adäquaten Ergebnisse angezeigt werden.

Oh mein Gott. Lebe ich vielleicht hinterm Mond? Anbahnungslokale, das klingt schon befremdlich, so altbacken und fast vorwurfsvoll.

Fuck, egal, sage ich mir selbst. Kati, du willst etwas erleben? Dann ziehe dich hübsch an, trage etwas Schminke auf und ziehe es durch. Lass dich treiben und du wirst schon irgendwo landen.

Die Suche am Laptop betrachte ich als pure Zeitverschwendung, klappe ihn zu und verschwinde im Bad.

Das Münchner Glockenbachviertel bei Nacht lebt in einem einzigartigen Puls aus Licht und Schatten. Die Gehwege sind von einem warmen Glühen der Straßenlaternen erhellt, während die Fenster der Bars und Kneipen einladend nach außen strahlen. Aus den Lokalen dringt leise die Melodie von Musik und Lachen, die sich mit dem Murmeln der nächtlichen Besucher*innen vermischt. Die Atmosphäre ist lebendig und zugleich geheimnisvoll. Sie strahlt eine Offenheit aus, die das Herz der Stadt zum Schlagen bringt. Selbst in den ruhigeren Straßen ist die Energie noch spürbar, ein subtiler Beat, der die neugierigen Seelen von nah und fern anzieht, um im nächtlichen Treiben ein Teil der Münchner Erzählung zu werden.

Beim Herumstreifen habe ich meine Wahl getroffen und ein vielversprechendes Szenelokal ausgesucht. Mit Herzklopfen gehe ich rein. Das Licht in der Bar ist schummrig und obwohl es schon nach 22 Uhr ist, sind bisher nicht sehr viele Leute hier. Die kleine Tanzfläche wird von den funkelnden Lichtern einer Discokugel angestrahlt. Ein paar der spärlichen Gäste stehen am Rand und unterhalten sich. Niemand tanzt.

Ich schnaufe kräftig durch, gehe zur T-förmigen Theke, wähle einen Platz am Knick und setze mich auf einen, für mich relativ hohen, Barhocker. Ich versuche es zumindest. Es ist nicht ganz einfach, da ich keine Hünenmaße aufweise. Ich stelle mich einigermaßen unsportlich an und ziehe damit erste Blicke auf mich. Schmunzeln hinter vorgehaltener Hand. Ich fühle es.

Für einen Moment bin ich an *Bridget Jones* erinnert.

Toll, Kati. Du hast das Zeug für einen Klassen-Clown, durchpfeift es mich sofort.

Zum Glück ist es recht schummrig hier. Meine Wangen glühen sicher wie eine Höhenlampe. Ich vermisse Anna. Sie hätte entweder mitgelitten oder, was wohl eher zutrifft, lauthals gelacht, um es danach nicht besser zu machen und sich ebenfalls zu blamieren. Anna ist gerade mal einen Zentimeter größer als ich.

Grinsend überreicht mir die maskulin wirkende Frau hinter der Bar die Getränkekarte. Sie hat kurze dunkle Haare und trägt ein schwarzes Muskel-Shirt.

Kleine Titten, vermutlich kein BH, schlank, gute Figur, registriere ich im Gedanken.

Zahlreiche Piercings zieren ihre Ohren und auf dem rechten Oberarm prangt ein mittelgroßes Tattoo, das mich an eine Sternengirlande erinnert.

„Such' dir war Schönes aus, Süße", sagt sie und zwinkert mir zu.

„Danke."

Die Tanzbar hat Flair. Sie gefällt mir. Ich bin extrem neugierig, wie sich der Abend entwickeln wird. Na ja, aufgeregt und ein kleines bisschen geil bin ich auch.

Die Karte habe ich schnell durch. Ich bestelle einen *Gin Tonic*.

„Gute Wahl", grinst die toughe Lady hinter der Theke. „Ich schenke dir eine ordentliche Mischung ein. Hab dich hier noch nie gesehen."

„Ist auch meine Premiere", antworte ich.

Während ich auf den Drink warte, sehe ich mich um. Die Location ist recht übersichtlich, nicht allzu groß. Wenn es mit den richtigen Leuten voll ist, sicherlich saugemütlich.

Das Publikum besteht tatsächlich hauptsächlich aus Frauen. Es stehen aber auch einige Männer herum. Interessiert beobachte ich einen jungen Kerl in zerrissenen Jeans und eng anliegendem T-Shirt. Er greift seinem Freund an den Hintern und packt für einen kurzen Moment fest zu.

Aus dem Lautsprecher dröhnt ein alter Schlager von Peter Maffay: „… und wenn ich geh', geht nur ein Teil von mir …"

Eine junge, hübsche Frau mit langen blonden Haaren zieht ihre um einige Jahre ältere Freundin auf die Tanzfläche.

Auf den ersten Blick hätte man die beiden auch für Mann und Frau halten können, denn die Ältere trägt ein Männerhemd, Jeans und Turnschuhe. Ihre Haare sind extrem kurz und stoppelig geschnitten. Sie ziert sich ein wenig und scheint sich auf der Tanzfläche nicht besonders wohl zu fühlen

Die Barkeeperin stellt meinen Drink hin. „Du bist also das erste Mal hier?", sagt sie.

Ich lächle. „Ja. Ist hier immer so wenig los?", deute ich in den Raum.

Verschmitztes Grinsen schlägt mir entgegen. „Du wirst dich noch wundern. Es wird schnell voll sein."

Genau in diesem Moment geht die Tür auf und zwei Frauen betreten die Tanzbar. Eine ist etwa in meinem Alter und sieht aus wie eine gut situierte Geschäftsfrau. Sie hat ihre dunkelbraunen Haare zu einem straffen Pferdeschwanz frisiert und trägt einen Hosenanzug, die andere ist mit einem knapp knielangen engen Rock und einer Bluse bekleidet. Sie ist jünger. Ihre glatten blonden Haare fallen weit über die Schulter. Beide sind äußerst attraktiv und wirken irgendwie fehl am Platz. Sie hätten meines Erachtens besser in ein edles Restaurant gepasst, als in diese kultige Bar.

Sie sehen sich um und ihr Blick landet für den Bruchteil einer Sekunde auch bei mir. Die Frau im Hosenanzug fasst die andere mit einer vertrauten Geste am Arm und führt sie zur Theke. Sie setzen sich an einen Platz gegenüber von mir auf die andere Seite des Knicks der T-förmigen Bar.

Keine Sekunde später stellt die Barkeeperin zwei Sektgläser vor die Damen.

Sie haben noch gar nichts bestellt, fällt mir auf.

Als nächstes wandert ein mit Eis gefüllter Sektkübel auf die Theke. Es ploppt. Eine Flasche Champagner wurde geöffnet. Die Barfrau schenkt ein, die Flasche wandert in den Eiskübel.

Ich staune und zwinge mich, die beiden nicht anzustarren. Beinahe im Minutentakt kommen immer mehr Leute zur Tür herein und die Bar füllt sich.

Rings um mich wird sich unterhalten und gelacht. Auch die Tanzfläche füllt sich. Ich fühle mich etwas einsam und komme mir fehl am Platz vor. Hier scheint sich jeder zu kennen.

Ist wohl nichts, denke ich und winke Miss Tattoo zu mir.

„Noch einen?"

Ich winke ab. „Zahlen, bitte."

„Du gehst schon?", fragt sie mit aufgerissenen Augen. „Es geht doch erst richtig los."

Ich druckse etwas herum. Da mir das Herz doch oftmals auf der Zunge liegt, sage ich freiweg: „Ich hätte wohl lieber nicht allein kommen sollen. Mehr oder weniger habe ich gehofft, dass man hier vielleicht nette Leute kennenlernen kann."

Sie sieht mich abschätzend an. „Suchst du eine Freundin oder jemand fürs Bett?"

Ich bin augenblicklich verlegen. Was antwortet man darauf? Mann, bin ich naiv. „Na ja, vielleicht nicht gleich etwas Festes", rutscht es förmlich heraus. „Aber ich habe schon gehofft, mal ein wenig in die Szene schnuppern zu können", gebe ich ehrlich zu und es ist mir ein wenig peinlich.

„Du hast es also normalerweise nicht mit Frauen?", bohrt sie nach.

Ich komme mir reichlich doof vor und während ich noch nach den richtigen Worten suche, lacht sie. Das Lachen ist nicht abwertend oder sich über jemand lustig machend, es ist tatsächlich sympathisch, nett.

„Ich glaube, ich weiß schon, wonach dir ist. Aber ich sag' es dir ganz ehrlich. Es ist nicht leicht, hier Anschluss zu finden. Irgendwie kennt in dieser Gegend jede jeden und wenn du neu bist, hast du es meistens schwer."

Ich lächle müde zurück. „Ja, das habe ich gemerkt." Ich werfe den beiden Frauen, die mir gegenüber gerade mit Schampus anstoßen, einen schnellen Blick zu.

„Wer sind denn die beiden?", frage ich leise.

Die Barfrau beugt sich zu mir. „Die Große mit dem Pferdeschwanz nennen alle *die Königin*. Ihr gehören ein paar

Mietshäuser und drei Bars in München. Unter anderem auch diese hier."

„Und die andere ist ihre Freundin?", möchte ich wissen und schiebe einen Zehner über die Theke. „Passt so."

Die Barkeeperin nimmt das Geld und wirft einen Blick zu den Damen rüber. „Ich kann mich nicht erinnern, dass die Königin schon mal über längere Zeit mit jemandem zusammen war. Sie legt sich auch nicht wirklich auf ein Geschlecht fest." Sie sieht sich um. „Aber ich muss jetzt weiter machen, sonst gibt's noch Ärger", ein Grinsen und ein Zwinkern. Dann geht sie zum nächsten Gast an der Theke, vor dem ein leeres Glas steht.

Als ich aufstehe, wird der Song *Die immer lacht* von Kerstin Ott gespielt.

Ich mag das Lied, gehe spontan zur Tanzfläche, um mich zum Abschied zu den Klängen dieses Liedes zu bewegen. Mit geschlossenen Augen gebe ich mich dem sanften Rhythmus hin. Ich singe leise mit.

Plötzlich spüre ich, wie jemand von hinten Hände auf meine Hüften legt. Überrascht drehe ich mich um und öffne die Augen. Ich staune, als ich die wirklich wunderschöne Freundin der Königin sehe. Sie lächelt mich beinahe schüchtern an und wiegt sich zusammen mit mir im Takt der Musik.

„Schöner Song", ruft sie, um die Musik zu übertönen.

Sie ist extrem attraktiv und definitiv ein paar Jahre jünger als ihre Freundin und somit auch als ich.

Sie überragt mich beinahe um einen halben Kopf und wirkt mit ihren High Heels noch größer.

Sie könnte ein Model sein.

In meinen Stiefeletten, der Jeans und der schwarzen Bluse komme ich mir neben ihr wie ein Bauerntrampel vor. Wieder schimpfe ich mit mir.

Kati, du dumme Pute. Werfe dich in Schale oder lasse es. Dein Outfit ist scheiße!

Die Model-Lady hört nicht auf zu lächeln.

Ich antworte ihr. „Ich mag das Lied auch. Finde es toll. Ich wollte gerade gehen, aber auf das Lied musste ich unbedingt noch tanzen."

Sie legt den Kopf schief. „Schade, dass du schon gehen willst. Meine Freundin und ich würden dich gerne auf ein Gläschen Schampus einladen."

Mein Blick rast zur Theke. Die Königin sitzt elegant und mit übergeschlagenen Beinen auf ihrem Hocker, nimmt ihr Glas in die Hand und prostet mir zu.

Der nächste Song läuft an. Kerstin Ott wird von Helene Fischer abgelöst.

Ich stehe unschlüssig auf der Tanzfläche, da nimmt mich die Blonde an der Hand und sagt „Na komm schon. Ein Gläschen."

Ich zucke mit den Schultern. „Okay."

Wir gehen zur Theke und meine Gedankenwelt rast wilder als ein Orkan.

Warum haben mich die beiden wohl eingeladen?

Ich bin mehr als aufgeregt und gleichzeitig extrem neugierig. Mir entgeht nicht, wie die Bardame die Szene überrascht beobachtet.

„Hallo", begrüßt mich die dunkelhaarige Schönheit. „Ich freue mich, dass du uns ein bisschen Gesellschaft leistest. Ich heiße Claudia. Und das ist Maja." Sie reicht mir die Hand. Ihr Händedruck ist fest und zeugt von Selbstsicherheit.

„Freut mich. Katrin", stelle ich mich vor und versuche so elegant wie möglich auf den Barhocker zu kommen.

Zum Glück gelingt es mir dieses Mal, etwas sportlicher zu wirken.

Claudia winkt der Bardame. „Noch ein Glas, bitte."

Kurz darauf schäumt Champagner in meinem Glas. Ich überlege kurz und entschließe mich für direkte Ansprache und Ehrlichkeit. „Was verschafft mir denn die Ehre der Einladung? Ich wollte gerade nach Hause gehen. Hab' mich nicht so … na ja …wohl gefühlt."

Die Königin hob ihr Glas. „A votre santé."

Wir stoßen an und trinken.

Wow, ich und Schampus. Wer hätte das gedacht?

Sie stellt das Glas ab. „Ja, das habe ich angesehen. Und ich fand es schade, dass die einzige interessante Frau hier …", entschuldigend sieht sie Maja an, „… außer dir natürlich, mein Schatz", sie wendet sich wieder mir zu, „schon so früh nach Hause gehen möchte."

Zum Glück ist es ziemlich schummrig an der Bar. Ich hoffe, dass beide meine Verlegenheit nicht bemerken.

Jetzt hebt Maja das Glas. „Auf dass der Abend doch noch ganz lustig wird."

Der Champagner ist kühl und prickelt angenehm auf der Zunge. Noch immer habe ich keine Ahnung, warum die beiden mich eingeladen haben. Erste Signale sagen mir, dass mich die Königin abschleppen möchte. Allerdings, angesichts der Tatsache, dass sie ihre Freundin *Schatz* nennt, komme ich davon ab. Es bleibt ein Rätsel und ich bin gespannt, welche Wendungen der Abend noch einschlagen wird. Ich bin auf alles gefasst. Schließlich bin ich auch mit der Absicht hier, um etwas zu erleben. Zudem steht es mir frei zu gehen, sobald es mir nicht mehr gefällt.

Die Zeit verfliegt. Die nächste Flasche wird geöffnet. Wir trinken und amüsieren uns über ein schwules Paar, das auf der Tanzfläche witzige Verrenkungen macht. Sie tanzen enthusiastisch. Eine bewundernswerte Augenweide und dennoch zum Lachen schön.

Dann wird die Musik ruhiger. Scheinbar kommt jetzt die Kuschelrunde. Als von Anastacia der Song *Heavy on my heart* erklingt, strahlt Maja. „Claudia, du hast es versprochen! Einen Tanz!"

Die Königin rümpft die Nase und wirft mir schulterzuckend einen Blick zu. Dann lässt sie sich von ihrer süßen Blondine auf die Tanzfläche ziehen.

Ich beobachte sie. Eng umschlungen tanzen sie anmutig zu der eher traurigen Melodie des Liedes. Maja kuschelt sich eng an Claudia. Ich muss daran denken, was die Barfrau mir erzählt hat. „... *die Königin hat nie jemanden für längere Zeit ...* "

Die zierliche Blonde tut mir jetzt schon leid, denn sie wirkt sehr verliebt, während die Königin vielleicht nur mit ihr spielt.

Der Tanz ist zu Ende und beide kommen zurück an die Bar. Wir stoßen wieder an. Es wird immer geheimnisvoller und ich frage mich, wie der Abend enden wird. In mir explodieren wieder einmal die Gedanken. Wir lachen, trinken, reden, lachen. Schließlich steht die Königin auf, stellt sich neben mich und legt ihren Arm um meine Taille.

Sie ist nur ein paar Zentimeter größer als ich. Ich sehe ihr in die Augen.

Sie grinst. „Weißt du, dass du genau der Typ Frau bist, der mir gefällt?", raunt sie in mein Ohr.

Sie duftet nach einem herben Parfüm, dezent und edel. Ich werfe Maja einen Blick zu. Die Situation ist mir unangenehm. Maja sitzt gut gelaunt und lächelnd da. Ich bin verwirrt.

Mutig sage ich zur Königin: „Und du bist die heißeste Lady, die mir seit Langem begegnet ist. Ihr beide seid ein klasse Paar!"

Ich rede so laut, dass Maja es auch hören kann.

Maja kommt zu uns her und schmiegt sich ebenfalls an mich ran. „Claudia und ich haben beim Tanzen überlegt, ob wir nicht zu dritt nach oben gehen und in Claudias Privaträumen ein wenig weiterfeiern sollen. Was meinst du? Hast du Lust?"

Ich bin überrollt, überrascht und neugierig zugleich. „Oben bei Claudia?", frage ich. „Wo *oben* ist das denn?"

Die Königin antwortet: „Ich habe gleich über der Bar eine kuschelige Wohnung. Du musst wissen, diese Bar gehört mir. Sie ist so etwas wie mein Baby. Ich habe sie vor fünf Jahren gekauft und neu eröffnet."

Ich zeige mich überrascht, möchte die Barkeeperin, von der ich schon einiges wusste, nicht als Tratschweib hinstellen. „Wow, das ist deine Bar? Ich bin stark beeindruckt!"

75

Maja legt stolz einen Arm um die Hüfte ihrer Freundin. „Ja, meine Königin ist eine richtige Powerfrau." Sie sieht mich erwartungsvoll an. „Na was ist? Wollen wir die Flasche Schampus mitnehmen und oben ein wenig weiterfeiern?"

Das geht alles etwas schneller als ich dachte. Ich wollte nur Kontakte knüpfen. Andererseits soll man die Feste feiern, wie sie fallen. Wer weiß, wann sich noch einmal so eine Gelegenheit bietet. Außerdem kann ich, egal was passiert, immer noch NEIN sagen.

„Warum nicht? Gerne", kommt es über meine Lippen.

Sofort winkt Claudia die Barkeeperin zu sich heran. „Wir nehmen den Schampus mit rauf. Ohne Kübel!"

Die maskuline Dunkelhaarige wirft mir einen etwas überraschten Blick zu, grinst und zwinkert.

Ich habe keine Zeit, darauf zu reagieren, denn Maja nimmt meine Hand und zieht mich mit. Ich bemerke, dass uns einige Augenpaare interessiert folgen, aber das ist mir egal.

Die Situation ist mehr als spannend. In meinem Leben passiert endlich etwas.

Wir verlassen die Bar an einer Seitentür und stehen in einem Hausflur. Altbau. Wunderschön. Schwarz-weißer Mosaik-Fußboden, alte hölzerne Treppe. Die Stufen knarzen bei jedem Schritt. Mein Herz beginnt zu rasen. Ich bin beschwipst, geil und neugierig. Mir ist vollkommen klar, dass mich die beiden Lesben verführen möchten. Erster Stock. Wir sind da.

An Claudias Handtasche ist das dreieckige, goldene Prada-Logo zu erkennen. Sie greift hinein und hält einen Schlüsselbund in der Hand.

Wir betreten die Wohnung. Das Licht wird angeschaltet. Ich kann es kaum glauben. Das ist der Wahnsinn! Von der hohen Stuck-Decke in der riesigen, rechteckigen Diele hängt ein kristallener Kronleuchter, dessen Licht funkelnde Muster an die weißen Wände wirft. Die sogenannte kuschlige Wohnung ist ein mindestens 150 qm großer Wohn-Palast.

Auf dem Parkettboden liegt ein runder, cremefarbener Teppich mit roten und türkisfarbenen orientalischen Ornamenten.

Eine hölzerne, antike Kommode mit zahlreichen Schubladen steht an der Wand gegenüber der Haustür. Darüber hängt ein Spiegel mit goldenem Holzrahmen. Alles wirkt wie aus einem Wohnmagazin.

„Mir fehlen die Worte", sage ich. „Du wohnst in einem Palast."

Claudia wirft ihre Tasche auf einen mit rotem Samt überzogenen Stuhl, der links neben der Eingangstür steht und streift die Schuhe von ihren Füßen. „Palast ist etwas übertrieben. Aber ja – bei mir läuft's geschäftlich im Augenblick verdammt gut. Fühl' dich wie zu Hause."

Eine zweiflügelige Tür führt in ein riesiges Wohnzimmer, das luxuriös eingerichtet ist. Die Möbel und Accessoires sind in warmen Farben gehalten und geben dem Raum trotz seiner Größe ein gemütliches Ambiente. Ein breites kuscheliges Ecksofa in einem warmen Grün-Ton dominiert den Raum. Auf einem flauschigen weißen Teppich steht ein niedriger, mit Ornamenten verzierter Holztisch.

Maja stellt die Champagnerflasche auf den Tisch und holt drei Sektkelche aus einer Vitrine.

„Setz dich", fordert mich Claudia auf und lässt sich selbst in die Polster fallen.

Ich komme ihrer Aufforderung nach, während Maja uns Champagner einschenkt. Kaum perlt es golden in den Gläsern, zündet sie auf dem Beistelltisch eine große Dreidocht-Kerze an. Danach schaltet sie das elektrische Licht aus.

„Alexa, spiel sanfte Musik."

Smooth-Jazz läuft. Sade. Ich erkenne ihre Stimme. Super Sound, perfekte Lautstärke und genau die richtige Art von Musik. Die Ladys haben es drauf.

„Auf uns", sagt Claudia und hebt ihr Glas.

Wir stoßen an. Die beiden Freundinnen sitzen auf der langen Seite des Sofas, während ich auf der kurzen Seite Platz genommen habe.

„Wie wäre es mit einem Spielchen?", fragt Maja.

Claudias Augen leuchten, als wüsste sie, um welches Spiel es sich handelt. Beide Freundinnen sehen mich gespannt an.

„An welches Spiel habt ihr denn gedacht?", frage ich mit aufgesetzter unschuldiger Miene.

„Wie wär's mit Flaschendrehen? Ich stelle eine Aufgabe und drehe die Flasche."

Oh la la, ich ahne, wie das endet. Geil!

Ich greife zum Glas, nehme einen großen Schluck Champagner und sage recht cool, wie ich finde: „Dann benötigen wir eine leere Flasche."

Beide lachen. Maja schenkt ein, wir trinken und Maja schenkt wieder nach. Die Flasche ist leer.

Die hübsche Blondine legt sie auf den Tisch. „Ich fange an und wünsche mir etwas. Der Verlierer muss es ausführen und darf als nächstes drehen und sich etwas wünschen."

Claudia und ich nicken wohlwollend.

„Ich hätte gerne einen Zungenkuss von …", sie blickt in die Runde und dreht die Flasche.

Ich habe keine Zeit über das Spielchen, die Wünsche und deren Ausführung nachzudenken. Ich werde einfach mitgerissen, fühle mich lüstern herausgefordert und nehme diese Herausforderung an. Es kribbelt in mir. Meine Augen heften sich an die Flasche. Sie hat nur wenig Schwung und entsprechend schnell kommt sie zum Stillstand.

Jeder kennt solche Situationen. Es wird ein Freiwilliger gesucht. Man hat in der Schule nicht gelernt hat und der Lehrer geht die Klassenliste durch, um jemanden mündlich auszufragen. Egal, welche Situation. Es erwischt immer einen selbst. Zumindest fühlt es sich so an.

Es ist demnach kein Wunder, dass der Flaschenhals auf mich zeigt. Trotz des soeben getrunkenen Champagners fühle ich eine Art Trockenheit in der Kehle. Ich greife schnell zu meinem Glas und nippe daran. Maja und Claudia sehen mich an. Ich rutsche ums Eck zu Maja auf. Ein nur schwer zu beschreibendes Gefühl breitet sich in mir aus. Es ist eine Mischung aus Lust und Neugierde auf das Unbekannte.

Maja ist eine wirklich sehr attraktive Frau. Sie hat Charme und jede Menge Sexappeal. Entsprechend glücklich bin ich, mit ihr meine erste wirkliche Kusserfahrung mit einer Frau zu sammeln.

Ich kann nicht sagen, wer von uns beiden nervöser ist. Sie oder ich? Maja wirkt fast ein wenig schüchtern, als ich meine rechte Hand sanft in ihren Nacken lege und den Kopf heranziehe. Nasenspitze an Nasenspitze. Sie schließt die Augen. Ein Hauch ihres dezent aufgelegten Parfüms strömt mir entgegen. Ich mag diesen Duft sehr. Kenne ihn, weiß im Moment aber nicht, wie er heißt, oder von welcher Marke er ist. Ich tippe insgeheim auf *Dior* oder *Jean-Paul Gaultier*.

Ihr Haar ist frisch gewaschen und seidig weich. Vorsichtig lege ich meine Lippen auf ihre. Sie öffnen sich und gewähren meiner Zunge Einlass. Sanft kreisend sucht sie das Gegenstück und Majas Zunge nimmt das Spiel an. Die Zungenspitzen berühren sich und tanzen miteinander.

Dieser Kuss fühlt sich so anders an. Kein Vergleich mit den Küssen, wie ich sie von Männern kenne. Er ist so glatt, so weich, so sanft, Sinnlich und dennoch kräftig. Ich glaube den Kirschgeschmack ihres Lippenpflegestifts zu schmecken, den sie vor ein paar Minuten aufgetragen hat. Ebenso fehlt die raue, feste Männerhaut. Damit meine ich keine Bartstoppeln. Männerhaut fühlt sich eben härter und rauer an. Auch wenn sie glatt rasiert und gepflegt ist.

Majas Zungenschlag wird wilder. Eine ihrer Hände fährt in mein Haar. Sie erwidert den sanften Druck auf den Kopf. Ihre Finger massieren meine Kopfhaut, die Zunge rotiert.

I kissed a girl and I liked it!
Der Song von Katy Perry schleicht sich in meinen Kopf.

Unser Kuss wird immer intensiver. Raum und Zeit verlieren ihre Existenz und verschwinden. Wie aus weiter Ferne höre ich Claudias Stimme.

„He, ihr Turteltäubchen, beim Zuschauen werde ich richtig neidisch. Das sieht sehr schön aus, aber ich möchte gerne weiterspielen und auch mal zum Zug kommen", lacht sie und nimmt einen Schluck aus ihrem Glas. Ihre Augen glänzen lüstern.

Beinahe etwas widerwillig löse ich mich von Maja. Auch sie ist etwas atemlos. „Wo hast du gelernt so zu küssen?"

Ich freue mich über dieses Kompliment und nehme es an, ohne in Verlegenheit zu geraten. Dabei wundere ich über mich selbst. „Ich denke, ich habe etwas Übung. Zudem kommt es beim Küssen auch ein wenig auf den Partner an." Ich blicke sie an. „Oder auf die Partnerin", verbessere ich.

Claudia zeigt auf die Flasche. „Du bist dran." Sie deutet auf mich.

Ich nicke und greife zur Flasche.

„Halt, meine Süße. Erst die Aufgabe."

Ich sehe erst Maja, dann Claudia an. Bei ihr bleibt mein Blick auch hängen und mir bleibt es nicht verborgen, wie sehr sie mich anhimmelt.

„Ausziehen – und zwar alles!", ich beabsichtige einen strengen Ton anzuschlagen, aber die Klangfarbe meiner Stimme gleicht eher einem zärtlich ausgehauchten Wunsch als einem dominanten Befehl. Ich werde feucht.

Claudia lacht laut und stößt ein: „Wow, das ist nenne ich mal zügig. Respekt, da kann es jemand wohl nicht erwarten", zwinkert sie.

Maja lacht ebenfalls, zuckt erotisch mit den Schultern und nippt an ihrem Glas. „Du bist an der Reihe, also bestimmst du auch."

„Ausziehen lautet die Aufgabe", wiederholt Claudia.

Ich nicke. „So ist es", bestätige ich, bereue, dass ich nicht nur ein Kleidungsstück eingefordert habe, sondern einen ganzen

Strip und schicke die Flasche mit einem kräftigen Schwung auf die Reise.

Sie wirbelt wild um ihre Achse. Unsere Blicke hängen an dem grünen, schlanken Glaskörper. Langsam beruhigt sie sich. Die Konturen werden klarer und die Flasche kommt zum Stillstand. Der Flaschenhals zeigt zu mir. Für Sekundenbruchteile erstarre ich.

Ach du Schande. Mist.

Der Schockzustand löst sich auf. Ich bin verlegen. Damit habe ich nicht gerechnet.

Ich sitze mit zwei äußerst attraktiven und willigen Frauen in einem Zimmer, stehe vermutlich vor meinem ersten gleichgeschlechtlichen Sex und bin die Erste, die sich nun splitternackt ausziehen muss. Ich verfluche meine viel zu spontan ausgestoßene Aufgabe und versuche so lüstern wie nur möglich zu wirken.

Es ist wie ein Saunagang, rede ich mir ein, verdränge diesen Gedanken aber schnell. Nein, es ist mehr. Es ist eine Möglichkeit, mich zu präsentieren.

Ich bin sehr froh, dass ich zwischenzeitlich meine Unterwäsche um ein paar heiße Teile aufgestockt habe. Heute trage ich verführerische rote Spitze. BH und String stammen aus meiner ersten Bestellung bei einem Versandhaus für Erotikartikel. Ich mache Fortschritte und sehe nicht mehr aus, wie die biedere, graue Maus, die ich jahrzehntelang war.

Ich stehe auf. Der Alkohol wirkt befreiend und wischt alle Hemmungen beiseite.

Es sind ohnehin nur die beiden Mädels im Raum und die wissen, wie *Frau* aussieht.

Das macht Mut auf *mehr* und ich bekomme sofort Lust auf eine kleine Showeinlage. Ich versuche mich ein bisschen geil rüberzubringen.

Die Musik passt perfekt. Langsam tänzelnd bewege ich mich in die Mitte des Raumes und knöpfe dabei meine Bluse auf. Ich versuche mich einigermaßen rhythmisch zu bewegen und streife sie schlangenartig ab. Einen Ärmel halte ich fest und bevor das Kleidungsstück zu Boden fällt, schwinge ich das Teil nach oben, wirble etwas herum und lasse los. Meinen Kopf bewege ich wie die fallende Bluse. Von oben nach unten.

Das war den Mädels einen Applaus wert. Sie johlen. Mir gefällt es, wie meine Brüste hinter der roten Spitze auf und ab wippen. Ich entspanne mich und genieße den Strip. Ich stehe im Mittelpunkt. Ich, die schüchterne, brave Katrin. Ich kann es selbst nicht glauben, aber ich tanze vor zwei Frauen, öffne den Gürtel meiner Jeans und knöpfe sie auf. Es gelingt mir, den oberen Hosenteil extrem aufreizend über die Hüften zu ziehen. Ich drehe mich um und präsentiere meinen nicht allzu kleinen Hintern. Durch die Po-Backen läuft nur der dünne String.

„Chapeau", applaudiert Claudia. „Du bist heiß!"

„Klasse", jubelt Maja.

Ich stelle mich beim Herabstreifen der eng anliegenden Hosenbeine etwas plump an, setze mich dann doch lieber auf den Boden und überspiele damit ein paar ungelenke Bewegungen. Als nächstes trenne ich mich von den gänzlich unerotischen schwarzen Socken.

Claudia und Maja klatschen zwischenzeitlich im Takt. Aufgeputscht durch die Mini-Fan-Gruppe, stehe ich auf. Rhythmisch, passend zur Musik. Immer wieder präsentiere ich meine Titten oder meinen Po. Als ich einmal mit den Händen auf die Pobacken schlage, jubeln meine beiden Fans.

„Süße, du bist sooo hot!", ruft Claudia.

Ich drehe mich noch einmal um meine Achse und wende ihnen schließlich den Rücken zu. Meine Finger wandern zum Verschluss des BHs. Ich öffne ihn und lasse ihn herunterfallen. Dazu kreise ich langsam mit der Hüfte zur Musik.

Plötzlich springe ich herum, halte aber meine Brüste hinter meinen Händen verborgen. Ich heimse geile Blicke ein und lasse los. Meine Arme breite ich aus, um sie dann seitlich herab gleiten zu lassen.

„Yeeeeeaaahhh", ruft Maja

Claudia grölt begeistert. „Du bist der Hammer!"

Meine Daumen haken sich links und rechts beim Slip ein und ziehen hin langsam herunter. Ich schlüpfe raus und stehe splitternackt vor ihnen.

Claudia steht auf und kommt zu mir. Sie stellt sich hinter mich, fasst um mich herum und legt ihre Hände auf meine Brüste. Ich spüre ihren heißen Atem im Genick. Meine Nippel werden hart. Ich spüre Küsse im Nacken. Gänsehaut-Feeling.

„Ist das Spiel zu Ende?", frage ich leise.

„Ganz im Gegenteil", flüstert sie in mein Ohr und beißt mich ganz leicht in den Hals. „Es fängt gerade erst an. Bleib stehen!"

Sie geht zu ihrer Freundin, reicht ihr die Hand und zieht sie vom Sofa. Gebannt beobachte ich, wie sich beide küssen und damit beginnen, einander auszuziehen. Alles sehr langsam und voller Leidenschaft. Sie genießen es. Alles! Sie genießen den Moment, sie genießen den Sex, sie genießen mich aufzugeilen und sie genießen es, bei ihrem Spiel beobachtet zu werden.

Claudia trägt einen schwarzen String und dazu einen passenden BH, der von vorn zu öffnen ist.

Sie lässt sich schrittweise komplett entkleiden. Ihre Figur ist perfekt.

Ein sportgestählter Körper, denke ich und beobachte gebannt die Szene.

Schlanke, makellose Beine, schmale Hüften und ein sportlich flacher Bauch machen mich ein wenig neidisch. Ihr Busen ist etwas kleiner als meiner.

Feste Brüste und sicherlich nicht künstlich nachgeholfen, denke ich.

Die rosafarbenen Knospen ragen keck und spitz nach vorn. Claudia ist sich ihrer Schönheit bewusst und zeigt es auch. Sie bewegt sich sicher, bestimmend und extrem erotisch.

Anders Maja. Sie wirkt ein wenig unsicher.

Oder ist das ihr Stil? Es macht sie sexy und lässt sie unschuldig wirken. Wie eine kleine unberührte Prinzessin.

Nach einem schier unendlich langen Kuss streift Claudia ihrer Freundin endlich den hauchdünnen weißen Seidenslip ab. Jetzt sind wir alle drei nackt.

Maja ist die Einzige von uns, die im Schambereich nicht gänzlich rasiert ist. Ein ganz schmaler Streifen ziert den Bereich vom Venushügel in Richtung Bauchnabel. Ihr Busen ist sehr klein. Obwohl sie auch sehr schlank ist, wirkt ihr Köper nicht so grazil und durchtrainiert wie der von Claudia. Dennoch hat sie eine ganz besondere Ausstrahlung. Sie hat etwas Unschuldiges, beinahe Zerbrechliches an sich und ich finde sie im Gesamten anziehender als ihre toughe Partnerin. Vielleicht liegt es aber auch nur an unserem ersten feurigen Zungenkuss. Mein erster mit einer Frau.

Die Königin greift Majas Hand, geht zu mir, reicht mir die andere Hand und sagt: „Kommt, meine Süßen, lasst uns ins Spielzimmer gehen."

Spielzimmer hört sich interessant an. Ich bin richtig heiß und extrem neugierig, was mich erwartet. Frauen-Premiere! Obwohl ich mit bestimmter Absicht ins Glockenbachviertel gegangen bin, habe ich nicht mit dem gerechnet, was mir gerade passiert. Ich stehe kurz davor, nein, ich bin mittendrin, in die lesbische Liebeswelt einzutauchen. Zweifel machen sich breit.

Mache ich einen Fehler oder lerne ich heute etwas dazu? Lebe ich einen Traum oder rutsche ich in einen Albtraum?

Ich betrachte die nackten Körper von Maja und Claudia und folge ihnen durchs Wohnzimmer.

Eine doppelflügelige Tür wird aufgestoßen. Wir stehen in einem zweiten, kleineren Flur. Von hier aus gelangt man in drei weitere Zimmer.

Claudia lässt die Hände los. „Geradeaus ist das Badezimmer", erklärt sie und öffnet die Tür links von uns.

Sie geht in den Raum, ich folge ihr zuerst, dann kommt Maja.

Ich weiß zwar nicht, was genau ich mir unter dem Begriff *Spielzimmer* vorgestellt habe, aber egal, was es war, das hier übertrifft alles. Ich bleibe stehen, reiße den Mund auf und bin überwältigt.

Auf den ersten Blick wirkt der riesige Raum wie eine rote Luxus-Plüsch-Höhle. Der Raum ist mit einem sehr weichen, rubinroten Teppichboden ausgelegt. Zwei oder drei LED-Lampen, die wie Kerzenflammen hin und her wackeln, spenden angenehm diffuses Licht und werfen ihre tanzenden Schatten an die Wände. Diese sind mit erotischen Bildern und mehreren Spiegeln verziert. In der Mitte des Zimmers steht die *Spielwiese*. Ein überdimensional großes Bett, auf dem viele Kissen in unterschiedlichen Größen und Farben platziert sind.

Mit etwas Abstand zum Bett sehe ich eine Liege, an deren unterem Ende, ähnlich wie bei einem Gynäkologen-Stuhl, sich Beinstützen befinden. Gegenüber hängt eine Liebesschaukel von der Decke. Ich sehe auf die andere Zimmerseite zu einem großen, schwarz-roten Eichenschrank. Eine der beiden Türen steht offen. Eine ganze Parade an Dildos, ein paar Masken und diverse Lederpeitschen sind zu erkennen.

In diesem Moment fühle ich mich plötzlich vollkommen überfordert. Die ganze Situation kommt mir völlig grotesk vor. Ich habe ein normales Schlafzimmer erwartet. Auf so etwas … wie soll ich es ausdrücken … professionelles bin ich nicht gefasst.

Durchatmen. Kati, du willst Sex mit einer Frau und jetzt hast du gleich Sex mit zwei Frauen. Das nenne ich mal Blitzstart.

Ich stehe wie angewurzelt im Zimmer und bin völlig überrollt. Meine Kehle schnürt sich zu. Die Geilheit, das offene Beschwingt sein, die Coolness, alles ist augenblicklich weg. Ich fühle mich, als ob ich aus einer Trance erwache und an einem anderen Ort bin, als der, an dem ich in Trance versetzt worden war. Ein neuer Wunsch manifestiert sich ziemlich eindeutig. Ich möchte nach Hause. Ich möchte duschen und mich in meinem Bett verkriechen.

Was ist los mit mir? Verträgst du keinen Alkohol mehr?

Noch während mich verschiedene Gedanken durchfließen, öffnet sich mein Mund und ich höre mich sagen: „Versteht mich bitte nicht falsch. Diese Wohnung ist der absolute Wahnsinn und ihr beide seid so schön … und jetzt bin ich hier in diesem Zimmer und plötzlich", ich stammle ein wenig, „… kommt alles doch recht schnell und unerwartet. Ich weiß nicht, ob ich im Moment dafür bereit bin."

Claudia hatte Musik angeschaltet. Aus versteckten Musikboxen klingt Elton Johns Stimme: „… *like a candle in the wind* …"

Genauso fühle ich mich. Wie eine Kerze im Wind. Ratlos blicke ich die beiden Lesben an und warte auf eine Reaktion. Beide kommen zu mir. Nach ewig langen Sekunden lächelt Claudia mich sanftmütig an. Ihre Stimme klingt sehr zart, weich, einfühlsam. „Liebes, du hast Angst."

Maja kuschelt sich an Claudia. Sie gibt ihrer Freundin einen Kuss auf die Wange. Die Königin legt ihre Hand um Majas Schulter, lässt ihren Blick aber nicht von mir. „Meine liebe Kati", sie streicht mit einer Hand über meine Wange. „Süße, hier wird niemand zu irgend etwas gezwungen. Und Angst ist in meinem Reich völlig fehl am Platz. Wenn heute der falsche Zeitpunkt ist, dann ist das so."

Maja streckt eine Hand nach mir aus und legt sie auf meine Schulter. „Sei ehrlich. Du hattest noch nie etwas mit einer Frau, stimmt's?"

Ich nicke, schäme mich fast ein wenig. Dann lächle ich ganz leicht. „Ihr habt es nicht gemerkt?"

Beide lachen richtig herzig. Die Königin umarmt jetzt Maja. „Wie es aussieht, mein Goldschatz, müssen wir uns heute Nacht selbst genug sein."

Innige Küsse.

„Baby, ich könnte mir Schlimmeres vorstellen", haucht Maja.

Claudia wendet sich wieder mir zu. „Möchtest du zusehen oder lieber nach Hause fahren?"

Ich zögere, bekomme leichte Kopfschmerzen.

Auch das noch, stöhne ich innerlich.

Noch bevor ich der Königin antworten kann, liegen ihre Arme um meine Schultern. Sie zieht meinen Kopf sanft an sich heran. „Ich rufe dir ein Taxi, Liebes. Wir haben uns heute kennengelernt und vertiefen das ein anderes Mal. Das ist überhaupt kein Problem."

Ich fühle mich besser.

„Ich rufe ein Taxi", ihr Blick wird scharf, „und das spendiere ich. Ich dulde keinen Widerspruch! Ich möchte, dass du sicher nach Hause kommst."

Ich nicke dankbar. Sie verlässt den Raum und geht zu einem Telefon. Maja schlüpft in einen seidenen Kimono und begleitet mich ins Wohnzimmer. Dort ziehe ich mich an.

Die Königin kommt dazu. Sie ist nach wie vor nackt.

„Kati, in dir steckt Lust und Neugierde. Das hast du heute Abend bewiesen. Hab' keine Angst vor deinen eigenen Wünschen und Neigungen. Man lebt nur einmal. Genieße dein Leben. Ich war auch nicht immer so, wie ich heute bin."

Ich lächle. „Ich lerne gerade meine Träume zu leben."

„Das ist gut so. Pass auf, meine Liebe. Übernächstes Wochenende gebe ich hier in meiner Stadtwohnung eine kleine Privatparty. Eine richtig heiße Feier", zwinkert sie. „Es kommen ausschließlich sehr gute, enge Freund*innen", betont sie gendernd. „Ich würde mich wirklich sehr freuen, wenn du auch mit dabei wärst."

Jetzt öffnet sie ihre Hand und schiebt mir eine Visitenkarte zu. „Hier ist meine Handynummer. Überlege es dir. Wie gesagt, in meinem Haus wird niemand zu etwas gezwungen. Wir wollen alle nur unseren Spaß haben und unsere Lust eifersuchtsfrei ausleben."

Das Telefon läutet. Maja geht hin. „Ah, Ernesto … danke dir." Sie legt auf. „Das Taxi ist da."

Claudia gibt mir einen Kuss auf den Mund. „Ich freue mich auf den ersten Zungenkuss von dir. Nicht heute, sondern dann, wenn es so richtig passt. Geh nun runter. Vor dem Haus wartet das Taxi. Der Fahrer ist schon bezahlt."

„Vielen Dank für alles", sage ich immer noch etwas perplex.

„Trau' dich! Die Party wird dir gefallen." Claudia zwinkert mir zu. „Wir beide sind extrem scharf auf dich."

„Ich überlege es mir", antworte ich.

Maja gibt mir ebenfalls einen Abschiedskuss auf die Lippen. „Das war ein klasse Abend."

Ich öffne die Wohnungstür.

„Frisch verlassen?", fragt die Königin.

Ich drehe mich um, schüttle den Kopf. „Ich habe den Schlussstrich gezogen. Ich wollte frei sein, aufwachen und das erleben, was ich nur aus Filmen und Büchern kenne. Ich möchte leben! Ich möchte am letzten Tag meines Lebens zurückdenken und sagen: Kati, du hast gelebt!"

„Und die Liebe?", fragt Maja.

Ich grinse. „Ich hoffe, sie auf dem Weg durch meine gelebten Träume zu finden."

„Eine gute Antwort", kommt es von der Königin. „Wir sehen uns übernächstes Wochenende."

Ich verlasse die Wohnung und schließe hinter mir die Tür. Draußen schlägt mir kühle Nachtluft entgegen. Auf der Straße steht das Taxi. Ich steige ein. Was für ein Erlebnis.

5

Montagmorgen. Ich komme ins Büro und bin überrascht. Jutta hat frischen Kaffee aufgesetzt. Sie strahlt mich an.

Etwas ist anders.

Sie sieht flotter aus als letzte Woche. Sie ist nicht mehr das graue, traurige Mäuschen. Heute trägt sie eine enge, farbenfrohe Bluse, die ihre Brüste betonen und eine moderne Markenjeans.

Ich zeige auf ihre Haare. „Krass. Das bist nicht du", stoße ich mit Bewunderung aus. „Friseur, oder?"

Sie grinst. „Ja, ich habe mich mal etwas getraut. Neue Frisur. Wie findest du die Strähnchen?"

„Nur geil", schieße ich sofort ab und meine es vollkommen ehrlich.

„Dazu noch ein paar neue Klamotten. Ein Besuch beim Optiker, der mir statt Brille Kontaktlinsen empfohlen hat."

Ich bin sprachlos. „Wow!" Das ist es. Sie hat die Brille mit dem Krankenkassengestell gegen unsichtbare Kontaktlinsen getauscht. Kluge Entscheidung.

Wir gehen gemeinsam ins Büro. Jutta schließt hinter uns die Tür. „Ich bin total happy. Jochen und ich haben uns ausgesprochen."

Ich halte für einen Augenblick die Luft an.

Oh mein Gott!

Ich versuche ganz natürlich zu wirken. Insgeheim rast mir Jochens Profil als *Harry* auf *Date-your-fuck.de* durch den Kopf.

„Ihr habt euch versöhnt?", frage ich ungläubig. „Du hattest doch den Verdacht, dass er dich betrügt. War da etwas dran?"

„Ja, er hat mich betrogen, da lässt sich auch nichts beschönigen. Aber nur einmal. Und er bereut es zutiefst."

Ich traue dem Frieden und vor allem seinem Geständnis nicht und habe Angst, mein Gesichtsausdruck verrät meine Skepsis. Um abzulenken, schalte ich den PC an und verstecke mich hinter dem Bildschirm.

Jutta redet voller Freude weiter. „Weißt du was? Ina, dieses Sekretärinnen-Flittchen aus seiner Abteilung, hat so lange darauf hingearbeitet ihn zu verführen, bis sie es endlich geschafft hat. Ich hatte dir doch von der Hotelrechnung in Jochens Jackentasche erzählt", sagt sie und wartet auf eine Reaktion.

Ich murmle: „Ja, hast du."

„Also, das war so. An dem Abend als sie ihren Kollegen-Stammtisch hatten, ist es passiert. Jochen war ganz schön betrunken und diese Ina hatte ihn richtiggehend bedrängt. Dieses Miststück!"

Ich starre Jutta an. „Und dann haben sie auf die Schnelle noch das Hotelzimmer bekommen?", frage ich ungläubig.

„Ja, genau! Er wäre niemals mitgegangen, wenn ich ihn nicht so vernachlässigt hätte. Weißt du, ich hatte in den vergangenen Wochen nicht gerade viel Lust auf Sex, aber damit ist jetzt Schluss."

Ich hebe erstaunt den Kopf über den PC-Bildschirm.

Sie zwinkert mir zu. „Wir werden wieder frischen Wind in unsere Ehe bringen. Ich liebe ihn und werde ihm noch eine Chance geben."

Ich stehe auf. „Der Kaffee ist bestimmt schon durch." Ich empfinde grenzenloses Mitleid mit meiner Kollegin. Sie ist absolut nicht im Bilde darüber, was ihr Mann wirklich treibt.

Oder kann es sein, dass er sein Profil bei *Date-your-fuck.de* gekündigt hat? Vielleicht tue ich ihm Unrecht.

Ich ringe mir ein Lächeln ab. Hoffentlich kommt es gut rüber. „Das freut mich sehr, Jutta. Ich wünsche euch alles Glück dieser Welt. Und sollest du doch einmal jemanden zum Reden benötigen, bin ich immer für dich da."

„Danke, Kati. Ich denke, das wird nicht der Fall sein. Jochen ist anders, als andere Männer. Er wird diesen Fehler ganz bestimmt nicht noch einmal machen."

„Soll ich dir einen Kaffee mitbringen?"

„Gerne. Meine Tasse steht schon da. Milch ist drin. Bitte nur noch vollschenken."

Puh, ich bin gespannt. Ich traue dem Frieden nicht, wünsche Jutta insgeheim aber wirklich von Herzen das Allerbeste. Für sie hoffe ich, dass ich mich täusche.

Das Portal, auf dem ich selbst unterwegs bin und Jochen alias Harry gefunden habe, ist zwar mit einem Männeranteil von geschätzten 80 Prozent zu 20 Prozent Frauenanteil auf den ersten Blick recht aussagekräftig. Es deutet förmlich an, dass sich zig fremdgehende Männer hier herumtreiben. Aber dem ist offenbar nicht so. Ich habe kürzlich gelesen, dass sogar geringfügig mehr Frauen ihre Männer betrügen als umgekehrt. Vermutlich stellen sie sich cleverer an. Zumindest benötigen keine 80 Prozent eine Fick-Plattform.

Ich kann das mit dem hohen Frauenanteil beim Fremdgehen zwar nicht ganz zweifelfrei glauben, aber im Zuge der Emanzipation ist natürlich alles möglich.

Wie viele Frauen sitzen vernachlässigt zu Hause und sehnen sich nach Sex und Abwechslung? Ich selbst bin doch das beste Beispiel dafür.

Ich, die stets an die ewige große Liebe geglaubt hat und davon ausging, dass Treue der einzige Weg dorthin ist, werde von mir selbst eines Besseren belehrt.

Wenn die Luft bei einem Partner raus ist, kann er nicht verlangen, dass der andere Teil bis zu seinem Tod keusch lebt.

Ich brauche einen Gedankenwechsel, konzentriere mich auf die Arbeit.

Nach Büroschluss haste ich regelrecht nach Hause. Meine Neugierde ist grenzenlos. Ich schlüpfe aus den Schuhen, werfe die Tasche auf den Boden und gehe sofort ins Wohnzimmer. Laptop aufklappen, hochfahren und auf dem verruchten Portal anmelden.

Mein Profil ploppt auf. Zig Nachrichten. Ich überfliege sie auf der Suche nach einer bestimmten. Und da ist sie. Eine Nachricht von Jochen. Das Bild mit der Sonnenbrille grinst mir frech entgegen. In der Hoffnung, er hat sie geschrieben, bevor er sich mit Jutta ausgesöhnt und ihr den Ausrutscher gebeichtet hat, öffne ich sie.

Zeitgleich beobachte ich seinen Status-Button.

Er ist online.

Ich denke kurz nach. Heute ist Montag. Da geht Jutta nach dem Büro immer zum Yoga und erst danach nach Hause. Jochen hat also alle Zeit der Welt, auf dem Portal zu surfen.

„Hey, unbekannte Schönheit, ich wollte mal fragen, ob du nicht doch Lust hast, dich mit mir zu treffen."

Spontan und voller Wut im Bauch tippe ich meine Antwort in das dafür vorgesehene Kästchen: „Lach, wie kommst du darauf, dass ich eine Schönheit bin? Ich habe kein Foto eingestellt."

Im Nu ist die Antwort da. „Als Gentleman lese ich das aus deiner Beschreibung. Zudem finde ich *Blind Dates* sehr spannend. Lust dazu?"

Von wegen Gentleman, so ein Arschloch. Er lügt Jutta brühwarm ins Gesicht, vögelt sie und macht ihr vor, von einer Kollegin verführt worden zu sein. Diese Ina ist vermutlich eine sympathische, brave Frau.

Was antworte ich ihm?

Lange muss ich nicht überlegen und schreibe: „Ein Blind Date für dich, eines mit Foto für mich. Einverstanden? Ich habe mit Blind Dates leider keine guten Erfahrungen gemacht. Meine Bedingung ist easy. Ein Gesichtsbild ohne Brille und ein Ganzkörperfoto, damit ich figurtechnisch nicht enttäuscht werde." Ich setze noch einen Grins-Smiley und einen frivolen Smiley mit Sperma im Gesicht dahinter.

Hoch gepokert. Herrlich gereizt. Mal sehen, ob ich den Fisch an der Angel habe.

Seine Antwort ließ nur ein paar Sekunden auf sich warten. „Wohin soll ich es senden?"

Ich tippe meine E-Mail-Adresse ein, die ich für Werbung aller Art verwende.

„Kommt sofort!", schreibt er.

Sicher hat er schon eine leichte Erektion in der Hose, grinse ich siegessicher.

Mein Todesstoß sollte noch folgen. Ich durchforste für die angedachte Überraschung meine Bildergalerie.

Bling

Jochen hat geantwortet. Im Anhang ein Foto von ihm aus dem letzten Urlaub. Er steht ihn Shorts am Meer. Ohne Sonnenbrille und bestens zu erkennen.

Das Foto hat Jutta gemacht, denke ich und finde, wonach ich gesucht habe. Ein Foto von der letzten Betriebs-Weihnachtsfeier. Es ist ein Zufallsbild. Mittig der Sektkübel. Links ich von hinten, rechts Jutta, das Gesicht halb verdeckt. Dennoch ist sie richtig gut zu erkennen.

„Sehr nett ...", antworte ich Jochen. „... und um dich neugierig zu machen, bekommst du ein Foto von mir. Es zeigt mich allerdings nur von hinten. So siehst du zumindest meine Figur."

„Geil, freue mich darauf", antwortet er.

Ich lache. Freundchen, dir wird gleich die Spucke im Hals einfrieren und der Ständer in der Hose zusammenfallen.

Die Antworttaste ist gedrückt, das Foto angehängt. „Links bin ich von hinten. Das Bild ist aktuell - war letzte Weihnachtsfeier in der Firma."

Bling

„Ich warte schnsüchtig."

Abgeschickt, triumphiere ich. Ich wäre jetzt allzu gerne Mäuschen.

Die Minuten verstreichen. Rot. Er ist offline gegangen.

Ich schätze, er hat sich das Foto genau angesehen und seine Frau erkannt. Ob ich ein: „Hallo Jochen", nachschieben soll?

Ich lache. Nein, ich denke, die virtuelle Ohrfeige reicht. Ich schalte den Fernseher an, um mich abzulenken und lasse mich berieseln. Nach einer halben Stunde habe ich genug. Ich denke an die guten Figuren von Maja und Claudia. Spontan entscheide ich mich, eine Runde laufen zu gehen. Ich bin alles andere als eine Sportskanone, aber zwei Runden durch den Park schaffe ich.

Der Lauf hat mir gutgetan. Ich setze mich zum Ausschwitzen auf meinen kleinen Balkon. Nach einer ausgiebigen Dusche gönne ich mir eine Scheibe Brot mit Frischkäse und Tomate. Ich mache es mir wieder auf dem Balkon gemütlich und denke über mich, das Wochenende und den Weg in mein neues Leben nach. Die Ruhe tut mir gut. Ich fühle mich klasse und voller Tatendrang. Vermutlich werde ich die Einladung der Königin annehmen. Sie ist, anders als mein erster Eindruck von ihr, sehr einfühlsam.

Später lese ich ein paar Seiten und kurz bevor ich ins Bett gehe, schalte ich den Laptop noch einmal an. Neugierig schaue ich nach, ob Jochen noch etwas geantwortet hat.

Nein, keine E-Mail.

Ich gehe aufs Portal und dort in meine Nachrichten. Bei Jochens letzter Nachricht ist ein Vermerk der Administratoren eingestellt: Das Mitglied hat sein Profil gelöscht.

Ich lache schallend.

Strike! Bingo! Volltreffer und K.-o.-Schlag.

Damit ist der *Fall Jochen und Jutta* für mich erledigt, die Akte geschlossen. Ich werde keine weiteren Schritte unternehmen.

Donnerstag. Ich habe eine Verabredung mit Peter. Er hat für dieses Date kein Hotelzimmer gebucht. „Die Preise sind exorbitant hoch und nirgends ist etwas frei. Das liegt vermutlich an der Messeausstellung und am zeitgleich stattfindenden Rock-Event in der Olympiahalle."

Wir treffen uns um 19:00 Uhr in Schwabing in einer Eisdiele Nahe der *Münchner Freiheit*.

Der Abend ist lau und wunderschön. Ich habe ein leichtes Sommerkleid angezogen und meine dünne Strickjacke mitgenommen. Die bequemen Sneakers passen hervorragend dazu.

Peter ist schon da. Wir küssen und umarmen uns. Er sieht echt gut aus. Sein Geld scheint er mit dem Kopf und nicht mit körperlicher Arbeit zu verdienen. Er hat Manieren, ist kein Macho und er ist in seiner ganzen Art und Weise unterhaltsam. Ein echt klasse Kerl. Schmetterlinge steigen zwar keine auf, aber ich mag ihn. Aus meiner Sicht ist alles perfekt für eine Freundschaft plus. Kein Herzschmerz, wenn er sich auch mit anderen Frauen treffen sollte. Genau so habe ich mir das vorgestellt. Mal sehen, ob es so bleibt.

„Wollen wir hier bleiben?", fragt er.

Ich finde die Eisdiele nicht sonderlich gemütlich. „Lass uns doch ein Eis mitnehmen und ein bisschen spazieren gehen."

„Gerne."

Wir kaufen Eis in der Waffel und schlendern durch das alte Schwabing und wieder zurück zur belebten Leopoldstraße. Die Straßencafés sind gut besucht und ich kann mir vorstellen, später noch einen kleinen Aperol zu trinken. Momentan genieße ich aber die Bewegung und den Spaziergang. Wir erreichen den Englischen Garten und bewegen uns von dem Menschenstrom weg, der sich von der grünen Lunge Münchens entlang der Isar in Richtung der Lokale und Cafés bewegt.

Ich erzähle ein bisschen von mir ohne jedoch zu viel preiszugeben, dann versuche ich, mehr von Peter zu erfahren.

Er hat letztes Wochenende mit Freunden eine größere Radtour unternommen und schwärmt mir etwas vor. Nähere Angaben um seine Person und seinen Job umgeht er, indem er dieses und jenes Thema aufgreift. Peter ist redegewandt und es ist sehr kurzweilig. Dennoch möchte ich mehr über ihn erfahren. Unauffällig betrachte ich seine Finger. Er trägt definitiv keinen Ehering. Das ist für mich zwar ein Hinweis, aber kein Beweis, dass er solo ist. Es gibt viele Männer, die ihre Ringe nicht tragen. Zudem muss er nicht verheiratet sein. Er kann auch ohne Trauschein in einer Beziehung leben.

Um uns herum ist es ruhig geworden. Sehr ruhig. In dem Eck, in dem wir unterwegs sind, sehe ich keinen einzigen

Spaziergänger. Wir gehen zu einer Parkbank und setzen uns. Peter rutscht sehr nahe an mich heran und küsst mich intensiv. Eine seiner Hände streicht über meine Brüste. Er lässt seine Zunge kurz über meinen Hals gleiten.

„Ich musste immerzu an unseren letzten Nachmittag denken", raunt er in mein Ohr. „Das war extrem geil."

Ich verkneife mir zu sagen, dass ich gerne etwas mehr Kontakt mit ihm gehabt hätte. Stattdessen genieße ich die Küsse und die Art, wie er über dem Kleid meine Brüste massiert.

„Ich mag es, wenn du an mir herumspielst."

Vorsichtig sehe ich mich um. Es dämmert und keine Menschenseele ist zu sehen. Ich hatte in meinem ganzen Leben noch nie Outdoor-Sex.

Wie peinlich ist das, wenn man erwischt wird? Nicht auszudenken.

Eine seiner Hände fährt sanft über meine Schenkel und rutscht unter mein Kleid. Er spürt meine Nervosität. „Ganz ruhig!", flüstert Peter. „Wir sind ganz allein."

Wieder küsst er mich, während seine Hand unter meinem Kleid bereits über dem Slip meine Muschi streichelt. Prickelnde Schauer rasen durch meinen Körper. Der Reiz des Verbotenen ist schrecklich und schön zugleich. Ob er schon einen Ständer hat? Ich stelle mir den Prachtschwanz vor und werde noch geiler. Ich spreize die Beine und er hat keine Probleme an die intimste Stelle zu kommen.

Ich streiche mit meiner Hand durch sein kurzes Haar, fahre über die kräftige Brust, über den straffen Bauch und kurz bevor ich an meinem Ziel bin, fragt er: „Vertraust du mir?"

Ich stutze. „Vertrauen?"

Er zieht ein Tuch aus seiner Hosentasche. „Um es für dich spannender zu machen", grinst er.

Ich bin komplett erregt, spüre, wie sich mein Slip bereits mit der Nässe meiner Muschi vollsaugt. Ich blicke mich hastig um. Nichts und niemand ist zu sehen. „Okay", stimme ich zu.

„Katja".

Ich reagiere erst nicht, dann fällt mir wieder ein, dass ich im Portal meinen Vornamen abgeändert habe.

„Ja."

„Du musst keine Angst haben. Dir wird es sicher gefallen."

Ich zittere leicht und bin neugierig. Bin ich verrückt? Ich weiß gar nichts über diesen Peter und jetzt zeigt er mir ein Tuch, um Spielchen zu spielen. Wieder spüre ich seine Hand auf meiner Perle.

„Gefällt dir das?"

„Oh ja", hauche ich.

Mein Bedenken schwindet schneller, als Eis schmelzen kann. Er bindet mir das Tuch um den Kopf und bedeckt die Augen. Ich sehe nichts. Alles ist dunkel.

„Du musst mir versprechen, mich sofort zu warnen, sollten sich Spaziergänger nähern."

„Das verspreche ich. Glaube mir, ich möchte auch nicht gesehen werden."

Das kommt ehrlich rüber. Ich habe volles Vertrauen.

„Dann spiele mit mir", hauche ich ihm willig entgegen. Die Spannung auf das Unbekannte törnt mich an.

„Komm mit", sagt er und steht auf.

„Wohin?" Ich bin erstaunt.

„Ich möchte nur ein kleines Stück hier ins Gebüsch rein. Dort ist es noch etwas blickdichter."

Ich stehe auf, vertraue ihm im wahrsten Sinn des Wortes blindlings. Hinter einem Gebüsch fühle ich mich tatsächlich ein wenig unbeobachteter.

Peter gibt mir seine Hand. „Ich passe auf dich auf. Mach einfach nur einen Schritt nach dem anderen."

Ich folge seinen Anweisungen. Es sind nur wenige Schritte, die ich zurücklegen muss und dennoch ist es für mich eine große Herausforderung. Mir schießen Neil Armstrongs Worte in den Kopf, als er den Mond betrat. „Ein kleiner Schritt für mich, ein großer für die Menschheit."

Es raschelt. Ich glaube, Peter hebt ein paar Zweige an. „Nur dass du es weißt, ich mag keine Spinnen oder andere Krabbeltiere. Sollte ich so etwas spüren, ist das Spiel zu Ende", warne ich.

„Ich passe auf. Versprochen. Geh einfach weiter. Nur noch zwei Schritte."

Ich kann rein gar nichts sehen und setze einen Fuß vor den anderen.

„Stopp. Hier ist es gut. Ein schöner Platz. Wir sind absolut im Verborgenen und niemand kann uns sehen."

Ich atme schneller, bin aufgeregt und erregt zugleich. Peter kommt ganz nah an mich heran und schmiegt sich an mich. Er drückt seine Taille gegen meinen Körper. Ich spüre seinen steifen Schwanz durch die Hose und greife in die Richtung.

„Halt", kommt sein Kommando.

Ich verharre augenblicklich. Seine Stimme klingt streng, herrisch. Ich habe vor Kurzem ein Buch über die ganze BDSM-Szene gelesen. Im Grunde macht es mich nicht an, aber ein bisschen Unterwerfung finde ich dennoch geil. Ich fühle mich bei Peter auch sicher und beschützt. Er hat nicht nur physische, sondern auch psychische Kraft. Diese Kombi macht mich an.

„Zieh das Kleid aus!"

Ich hüte mich zu widersprechen, trete ein paar Zentimeter zurück und streife die Träger über meine Schultern. Schon stehe ich in BH und String vor ihm. Oder ist er weggegangen? „Peter?", frage ich.

„Pssst", flüstert er in mein Ohr. „Sprich nicht!"

Er steht jetzt hinter mir und öffnet meinen BH. „Genieße es. Spüre jeden Luftzug auf deiner Haut. Spüre die Anspannung des Outdoor-Sex. Gib dich der Lust hin und lausche gleichzeitig, ob jemand kommt. Schärfe deine Sinne!"

Er streichelt über meine Haut, umfasst mich und knetet meine Brüste.

„Du hast geile Titten. Genau die richtige Größe. Mmhh ... ich liebe es, wenn sich deine Nippel aufstellen."

Ich bin nass. Pure Geilheit rumort in meinem Schoß und breitet sich aus. Seine Hände gleiten nach hinten und weiter runter. Sie streichen über meine Pobacken. Für einen kurzen Moment drückt er seinen Ständer gegen meinen Po.

Noch ist er in der Hose.

Peters Hände fahren links und rechts der Hüfte unter den String. Ich rechne damit, dass er ihn nach unten zieht. Das Gegenteil passiert, er zieht ihn nach oben. Dadurch gräbt sich der schmale, ohnehin schon feuchte Stoffstreifen zwischen meine Schamlippen. Peter zieht nun vorn und hinten am String. Der Stoff flutscht geschmeidig in meiner nassen Spalte hin und her. Ich stöhne. Peter genießt es, wiederholt die Bewegung ein paarmal und erlöst mich, indem er ihn endlich nach unten wegzieht.

Ein leichter Druck zwischen meine Schenkel und ich stelle mich so gut wie möglich breitbeinig hin. Ich bilde mir ein, kühle Abendluft im rasierten Schambereich zu fühlen.

Das ist das erste Mal, dass mir so etwas passiert. Es fühlt sich schon geil an, gebe ich mir gegenüber zu.

Ich bin heiß, nass und drehe schon durch. Ich weiß, wie Peters Schwanz aussieht, ich weiß, wie er schmeckt und ich will ihn spüren. Jetzt, sofort. Ich will mit rhythmischen Stößen verwöhnt werden, will, dass er meine Lustgrotte füllt. Ich will mich fallen lassen und nur noch genießen.

Er steht immer noch hinter mir, umgreift mich und spielt mit meinen Brüsten und Nippeln. Er drückt mal fester, mal sanfter zu. Süßer Schmerz durchströmt mich und ich glaube, vor Lust verrückt zu werden.

Er hört auf. Ich höre das Öffnen seines Reißverschlusses. Ich täusche mich nicht. Auch die Folgegeräusche verraten mir, dass er seine Hose auszieht.

Oh mein Gott, gleich spüre ich seinen Schwanz.

Er tritt wieder an mich heran. Ich spüre seinen nackten, warmen Schwanz an einer Pobacke. Peter legt seinen Kopf auf meine Schulter. Ich rieche sein herbes Aftershave. Irgendetwas mit Sandelholz. Ich mag den Duft.

„Fick mich", bettle ich. „Nimm mich von hinten. Jetzt!"

In diesem Moment ist es mir sogar egal, ob uns jemand beim Liebesspiel beobachtet. Vielleicht ein Mann, der sich dabei einen runterholt. Egal! Hauptsache Peter fickt mich jetzt.

Ich bin dermaßen geil und nass, dass ich spüre, wie das Lustwasser in kleinsten Rinnsalen an meinen Oberschenkeln herunterläuft.

„Beuge dich so weit wie möglich vor. Strecke die Arme aus. Da steht ein Baum. Er ist bis weit über Kopfhöhe frei von Ästen. Du kannst dich dort am Stamm festhalten und vornüberbeugen."

Ich komme der Aufforderung nach. Vorsichtig strecke ich die Arme aus und bewege sie. Tatsächlich, ich stoße auf den Stamm und presse meine Hände dagegen. Das ermöglicht mir, mich weit nach vorn zu beugen und Peter meinen Hintern und den Eingang zu meiner Muschi zu präsentieren. Ich atme schwer, erwarte den steifen Penis.

Er lässt seine Finger von hinten über meine Möse gleiten, spielt mit dem Kitzler und führt für einen kurzen Moment einen Daumen ein. Ich stöhne vor Wollust, halte es kaum mehr aus.

Warum fickt er nicht endlich?

Peter spreizt meine Pobacken. Er reibt etwas Nässe von unten hoch über den Anus und verteilt sie. Dann beginnt er, die Stelle sanft zu massieren. Geil.

„Was möchtest du, Katja?", fragt er kaum hörbar.

Ich öffnete den Mund, hauche: „Fick mich, bitte fick mich!"

Er hat sich hingekniet und leckt mich von hinten. Ich spüre die Zunge. Sie wandert zwischen meinen Schamlippen hin und her. Er saugt an ihnen und lässt wieder die Zunge tanzen. Ich drehe gleich durch. Dann leckt er nach oben, fährt mit der Zunge durch meinen Po-Spalt und lässt sie rund um den Anus kreisen. Ein Hammergefühl durchströmt mich.

„Ist das geil?", fragt er.

„Jaaaa", schreie ich fast und senke gerade noch meine Stimme.

Wieder führt er einen Finger in meine nasse Spalte ein, zieht ihn heraus, fährt nach oben, um kreist den Anus und führt den Finger langsam in mein Poloch ein.

„Wohaaaa", stoße ich aus. Ich musste Mitte vierzig werden, um dieses Gefühl zu erleben. Alles anale war bisher tabu. Egal mit wem ich zusammen war. „Das ist … das ist … neu für mich."

„Keine Angst, ich bin vorsichtig."

Er schiebt den Finger ein Stück weiter ein und beginnt sanft ihn hin und her zu stoßen. Es fühlt sich wie eine innere Massage an. Ungewohnt, neu, reizvoll und geil.

„Möchtest du, dass ich weiter mache?"

„Oh jaaaa, bitte …", höre ich mich sagen. Er soll meine absolute Hingabe spüren. Dieser Moment ist viel zu wertvoll, um ihn mit Schamgefühlen zu verderben.

Kati, du wirst zur kleinen sexuellen Sau, sage ich zu mir selbst und bin stolz auf mich. Das ist mein Ziel. Im Alltag eine Lady, im Bett eine Drecksau. So oder so ähnlich habe ich den Spruch schon einmal gehört.

Langsam schiebt Peter seinen Finger bis zum Anschlag ein. Ich spüre ihn beinahe mit jeder Faser meines Körpers.

Er leckt zusätzlich über die Pobacken und massiert mit der anderen Hand meine Muschi.

Wenn er so weitermacht, komme ich bevor er seinen Schwanz in mich schiebt, durchfährt es mich. Ich genieße den Moment.

Schließlich zieht Peter den Finger heraus. Der erregende Druck fehlt augenblicklich. Ich stöhne noch einmal kräftig. Jetzt spüre ich seine Eichel am Anus. Sie ist groß, voll angeschwollen. Ich weiß, wie groß der Schwanz ist und zucke zusammen. „Bitte nicht. Er ist zu groß, da habe ich Angst."

„Alles klar. Das ist in Ordnung."

Kaum ausgesprochen, spüre ich den Schwanz einen Stock tiefer. Es ist alles so nass, dass er sofort bis zum Anschlag in mich hineinflutscht.

Ich zucke vor Lust zusammen. Er fühlt sich größer an, als ich ihn in Erinnerung habe. Peter packt mich an der Hüfte und stößt zu. Wieder und immer wieder. Haut klatscht aufeinander. Wir stöhnen beide. Endlich. Die Wellen kommen. Wie ein Tsunami überschwemmen sie mich. Der Höhepunkt durchströmt mich. Ich erstarre, lasse los, erstarre und lasse los. Ich habe das Gefühl, dass mein ganzer Körper vibriert.

Das macht Peter vollends an. „Ja, ja, jaaaa".

Er zieht seinen Schwanz aus mir und dreht mich um. Er reißt die Augenbinde ab und drückt mich nach unten. Zeitgleich reißt er das Kondom weg.

„Saug mich leer! Bitte."

Ich bin immer noch von meinem Orgasmus benebelt und folge den Anweisungen. Ich kniee vor Peter, nehme seinen Schwanz in den Mund und beginne daran zu saugen. Kaum angesetzt, ergießt sich ein Schwall Sperma in meinen Mund. Ich höre ihn stöhnen. Er hält meinen Kopf fest und drückt ihn nach vorn. Ich bekomme kaum Luft und würge. Peter lässt locker. Sein Ständer pumpt noch einmal Sperma aus. Ich vermische ihn mit Spucke und schlucke alles hinunter. Ich lutsche am Schwanz, bis er langsam immer schlaffer wird.

Schlucken gehörte bis jetzt nicht gerade zu meinen Lieblingsbeschäftigungen beim Sex. Aber es kam auch extrem selten vor, dass ich in die Gelegenheit kam. Heute hat es mir gefallen. Es hat sich geil angefühlt und war alles andere als ekelhaft. Es war die Vollendung eines Orgasmus und das i-Tüpfelchen für eine genial geile Outdoor-Nummer.

Ich bin begeistert, platt, befriedigt und erstaunt.

Peter zieht mich nach oben und küsst mich. Sanft, innig und lang. Er umarmt mich, hält mich fest und schenkt mir in diesem Moment Wärme und Geborgenheit.

„Ich kann dir nicht beschreiben, wie ich den Sex mit dir genieße", sagt er.

Ein Rascheln lässt uns aufhorchen. Ich erschrecke, Peter lacht leise. „Wenn es ein Tier war, ist alles in Ordnung, wenn es ein Spanner war, hat er bei diesem Licht garantiert mehr gehört als gesehen und jetzt Todesangst, dass ich ihn verfolge."

Das Lachen steckt mich an. „Deinen Humor möchte ich haben."

Wir ziehen uns an. Scherzend zeige ich den String. „Klitschnass, das ist dein Werk."

Peter zieht gerade seine Hose hoch. „Ich gelobe Besserung."

Sofort winke ich ab. „Bloß nicht."

Wir lachen wieder.

Es ist ein ekelhaftes Gefühl im Schritt, wenn man einen richtig feuchten String anziehen muss. Ich beschließe das Teilchen in die Handtasche zu packen. Beiläufig stelle ich fest, dass ich die Handtasche unbedingt mal leeren und neu bestücken muss. Das ist wohl ein typisches Frauenproblem.

Ich streiche das Kleid glatt, Peter sieht mir zu.

„Das macht mich schon wieder geil", grinst er und deutet auf mein Kleid. „Ich meine, weil ich weiß, dass du nichts darunter hast."

Ich winke schmunzelnd ab. „Ein Spanner genügt mir. Lass uns gehen."

Zwischenzeitlich ist es dunkel und auch merklich kühler geworden. Ich bin froh, die Strickjacke mitgenommen zu haben und schlüpfe rein.

Da sich unsere Augen an das diffuse Licht gewöhnt haben, sehe ich den kleinen Pfad, der zu dieser Stelle im Gebüsch führt.

Ob er den Platz gekannt und uns gezielt hierher gelotst hat? Egal, es war richtig geil.

Schweigend gehen wir Arm in Arm durch den Park, kommen an einer kleinen Seitenstraße raus und schlendern Richtung Münchner Freiheit weiter. Peter begleitet mich bis zur U-Bahn und dort sogar bis zum Bahnsteig.

„Vergiss nicht, dass du keinen Slip drunter hast", sagt er und blickt genau in meinen Schambereich.

Ich blicke mich kurz um. „Psst, nicht so laut."

Er zwinkert mir zu. „Sexy Lady."

Die U-Bahn fährt ein. Der Fahrtwind spielt mit meinem Kleid und ich halte es instinktiv fest, obwohl es eigentlich gut sitzt. Die Türen gehen auf und wir verabschieden uns, ohne ein weiteres Date zu vereinbaren. Ich bin auf mich selbst sauer. Ich hätte während des Spaziergangs alle Fragen um seine Person stellen können, die mich interessieren.

Warum hast du es nicht getan, Kati?

Ich sitze in der U-Bahn und grüble. Noch vor etwas mehr als einer dreiviertel Stunde war ich in voller Ekstase. Jetzt zieht es mich nur noch nach Hause. Ich sehne mich nach meiner Dusche und nach meinem Bett. Ein Gefühl der Leere überkommt mich und ich sehne mich nach dem Alleinsein in meiner Wohnung, in meiner Burg, in meinem Zuhause.

Werde ich von ihm benutzt oder benutze ich ihn? Quatsch! Weder noch! Wir schenken uns beide genau das, wonach wir suchen?

Ich habe gerade wieder einmal den wohl geilsten Sex in meinem Leben gehabt und nun das. Gedankenkarussell.

Ich blicke auf mein Smartphone. Peter hat eine WhatsApp geschrieben. „Ich melde mich." Dazu sendet er ein paar Herzen.

Ich antworte nicht. Wieder kommen meine kleinen Zweifel hoch, wandern herum und setzen sich in den Gehirnwindungen fest. Eine Flut an Gedanken rollt an und kreisen in meinem Kopf, als wären sie Monde eines Planeten. Sie drehen sich durchwegs um Peter, um mich, um Sex, um Emanzipation und um Ehrlichkeit.

Was verbirgt er vor mir? Warum haben wir das Thema *Dating* nicht besprochen, als wir noch spazieren gegangen sind? Hemmt ihn etwas oder bilde ich mir alles nur ein? Nein! Peter hat definitiv ein Geheimnis. Ich bin kein Dummchen! Und was sollen die Herzen?

Die U-Bahn hält an. Eine Gruppe Jugendlicher steigt ein und der Lärmpegel steigt augenblicklich. Sie sind ausgelassen fröhlich.

Gott sei dank sind sie gut gelaunt.

Was ich gar nicht leiden kann, sind diese aggressiven Grüppchen von Halbstarken, die in der Masse eine große Klappe haben und sich gezielt schwächere Opfer aussuchen, um dann gemeinsam auf sie loszugehen.

„Zurückbleiben bitte", tönt es aus dem Lautsprecher. Die Türen schließen sich und die U-Bahn fährt wieder an.

Kati, du bist ihm gegenüber auch nicht ganz ehrlich, muss ich zugeben. Er kennt nicht mal deinen richtigen Vornamen und weiß sonst auch recht wenig von dir.

Einen Affären-Mann zu haben ist wohl doch nicht so einfach, wie ich es mir vorgestellt habe. Der Sex mit Peter ist außergewöhnlich geil, aber entweder vögeln wir künftig mit offenen Karten oder gar nicht, beschließe ich.

Im nächsten Moment wiederum bin ich aber auch nicht bereit, ihm meine Identität vollumfänglich preiszugeben.

Die Sache mit Peter ist eine Affäre und soll auch eine bleiben. Basta! Keine Liebe, keine Beziehung!

Ich habe ebenso kein großes Interesse daran, dass er in meinen engeren Freundeskreis rutscht, geschweige denn diesen näher kennenlernt.

Ich bin genervt von der aufkommenden Unzufriedenheit und vor allem genervt von mir selbst. Ich weiß nicht warum, aber ich bin gerade wieder mal zur Zicke geworden und zicke mich selbst am meisten an.

Die U-Bahn hält und die feiernde Gruppe steigt aus. Es wird still. Noch eine Station, dann muss auch ich raus.

Als sich die Bahn wieder in Bewegung setzt, stehe ich auf und gehe zur Tür.

Am Bahnsteig ist nichts los. Ich nehme die Treppe nach oben sauge die frische Luft ein, als ob sie meine Gedanken einfangen und ausstoßen könnte. Es läuft nicht rund. Das steht schon einmal fest.

Was hatte Ex-Mann immer gesagt, wenn ich unzufrieden mit etwas war?

„Du musst dich sortieren und neu aufstellen. Dann kannst du die Dinge von einer anderen Seite betrachten. Wenn es immer noch nicht passt, ändere etwas. Wenn es etwas ist, das andere ändern können, sprich mit ihnen."

Ich glaube, es ist wieder einmal der Zeitpunkt gekommen, dass ich mich neu sortieren muss.

Nach einem kurzen Fußweg bin ich zu Hause.

Ich stecke gedankenverloren den Schlüssel ins Schloss meiner Wohnungstür und trete ein. Die vertraute, ruhige Aura des kleinen Flurs umgibt mich wie eine warme Umarmung. Ich lasse meine Tasche zu Boden gleiten und schlüpfe aus den Schuhen. Dann gehe ich direkt ins Badezimmer. Ich sehne mich nach einer Dusche. Im Nu bin ich nackt. Ich betrachte mich für einen Moment im Spiegel. Es gibt Momente, in denen ich mich als attraktiv bezeichnen würde. Es gibt aber auch Momente, in denen ich mich überhaupt nicht mag. Da sehe ich alt und verbraucht aus. Leer und abstoßend. Jetzt ist so ein Zeitpunkt. Ich mag mich nicht und frage mich, wie ein Mann wie Peter mich anziehend findet.

„Er möchte nur mit dir vögeln", rauscht es über meine Lippen.

Der PC im Kopf hat sich festgefahren. Error. Mein Gehirn braucht einen Shutdown und Neustart. Ein Weg wieder zu mir selbst zu finden ist eine lange, gemütliche Dusche.

Ich steige in die Duschkabine. Das Aufdrehen des Wasserhahns klingt fast wie eine wohltuende Musik in meinen Ohren, die das wirre Gedankengefüge in meinem Kopf zu einer ordnen soll.

Die Dusche ist bisweilen ein harmonischer Rückzugsort. Das Prasseln des heißen Wassers auf meiner Haut reinigt nicht nur äußerlich, sondern auch mein tiefstes Inneres. Ich lasse das Wasser über meine Schultern, meinen Rücken und schließlich über mein Gesicht laufen und versuche, all die Verwirrung und die aufkeimende Unsicherheit fortzuspülen. Es wirkt wie eine kleine Gefühlsmassage, wie ein Vollbad für die Seele.

Vor meinem inneren Auge blitzen immer wieder Erinnerungsfetzen des Abends auf: Peters Berührungen, das verbotene Abenteuer im Park, der bittersüße Geschmack von Ungewissheit. Doch gleichzeitig nagt dieses Unwissen an mir. Um mit mir selbst im Reinen zu sein, benötigte ich mehr Klarheit.

Nachdem ich mich abgetrocknet und, eingewickelt in meinen flauschigen Bademantel, selbstkritisch noch einen Moment im Spiegel betrachtet habe, schlurfe ich in die Küche.

Ein Griff und ich habe die Tee-Box in der Hand. Ich entscheide mich für einen Beutel Kräutertee. Wasserkocher anwerfen, warten und aufgießen.

Während der Tee zieht, hole ich das Honigglas. So mag ich ihn am liebsten. Kräutertee und ein Löffel Honig. Das ist auch meine Art, den Tag hinter mir zu lassen.

Ein paar Minuten später finde ich mich im Schlafzimmer wieder. Die Tasse Tee steht auf dem Nachtkästchen. Daneben liegt das Buch, das ich gerade lese.

Perfekt, denke ich und nehme es in die Hand.

Nach wenigen Seiten bin ich in die Geschichte eingetaucht. Meine wirren Gedanken verschwinden und ich bin an die Story gefesselt.

Eine gute Stunde später ist der Tee leer und mir fallen die Augen zu. Das Lesezeichen wandert zwischen die Seiten. Ich trage die Tasse in die Küche und meine Gedanken an Peter kehren zurück. Ich beschließe, dass ich morgen mit klarem Kopf handeln werde. Diese ganze Sache mit dieser Affäre nimmt mehr Raum in Anspruch, als ich geplant hatte.

Vögeln ist doch nicht nur vögeln, muss ich zugeben.

Gefühlsduselei ist zwar nicht wirklich beteiligt, aber freundschaftliche Gefühle auf einer sexuellen Ebene sind vorhanden. Mir gefällt lediglich meine Rolle nicht. Ich komme mir vor, wie eine Lady für *Ficken auf Abruf*. Das geht gar nicht! Klar will ich Sex mit ihm, aber auf Augenhöhe.

Eine ehrliche Aussprache und klare Grenzen setzen!

Der Plan steht, mir geht's wieder richtig gut. Ich gähne und schalte das Licht aus.

Der morgige Tag wird Klarheit bringen. Vielleicht auch neue Chancen bieten.

6

Der Wecker reißt mich am nächsten Morgen aus dem Tiefschlaf. Ich brauche eine Weile, bis ich richtig wach bin und bleibe noch ein wenig im Bett liegen. Um der Gefahr zu entgehen, wieder einzuschlafen, rutsche ich ein wenig nach oben und lehne mich an.

Sofort schleicht sich der gestrige Abend in meine Gedanken und jagt prickelnde, wohlige Schauer durch meinen Körper.

Vögeln kann er, stelle ich wiederholt fest. Der Sex mit Peter ist Wahnsinn.

Dennoch fühlt es sich nicht ganz richtig an. Es läuft nicht rund, es eiert. Auch ohne mein internes Zicken-Getue bin ich unzufrieden. Ich weiß, dass ich das mit Peter klären muss, um unsere Freundschaft Plus weiter bestehen lassen zu können. Es ist nur das Außenherum, das mir nicht wirklich gefällt. Und die Herzen in seiner letzten Nachricht verwirren mich.

Vielleicht liegt es aber auch an der Sache mit Jochen und dessen brutaler Unehrlichkeit, weshalb ich gerade mit Peter herum hadere. Jochen ist einfach ein Drecksack und Jutta wird irgendwann entweder sinngemäß kalt geduscht und fällt in ein tiefes Depri-Loch oder sie wacht von selbst auf und knallt ihrem Mann eine vor den Latz. Letzteres würde mir besser gefallen.

Gut eine Stunde später befinde ich mich mitten im Getümmel der Rush-Hour im öffentlichen Nahverkehr. Ich ströme mit den Massen an Büroleuten, Angestellten und Arbeitern am Karlsplatz aus der U-Bahn, werde mehr zur Rolltreppe gedrückt, als ich gehe und fahre nach oben. Mein Smartphone vibriert. Eine Nachricht. So früh? Neugierig ziehe ich mein Handy aus der Jeans. Ein Blick aufs Display.

Peter, sehe ich.

Ich öffne WhatsApp. Die Rolltreppe kommt im Oberge-schoss des U- und S-Bahnhofes an. Ich gehe weiter und suche an der Seite einen ruhigen Platz. Gespannt lese ich die Nachricht.

„Süße, ich hoffe, du hast genauso gut geschlafen wie ich. Ich muss geschäftlich für eine Woche verreisen. Sehen wir uns wieder, wenn ich zurück bin? Love P."

Hm, Geschäftsreise. Kommt sie unerwartet oder hat er es gestern einfach nicht erwähnt? Und was ist mit dem Wochen-ende? Heute ist Freitag. Kati, du denkst zu viel! Ficke ihn und genieße ihn.

Erst im zweiten Moment stößt mir die virtuelle Unterschrift auf. „Love P."

Um Himmelswillen, er wird sich doch nicht in mich verlie-ben?

Plötzlich beginnt in mir ein innerer Kampf. Ich möchte mich so schnell wie möglich wieder mit Peter treffen, in seine Arme sinken und mit mir machen lassen, was immer ihm ein-fällt. Im nächsten Moment möchte ich aber ausreichend Abstand gewinnen und vermeiden, dass er in mein Leben eindringt. Er soll schließlich Lust und Laune hineinzaubern, mir schönen, un-beschwerten Sex schenken und sich nicht in mich verlieben. Ich möchte definitiv keine Beziehung mit ihm. Freundschaft Plus auf eine ehrliche und gleichberechtigte Art und Weise: ja! Be-ziehung: nein!

Der dritte Gedanke hinterlässt ein großes Fragezeichen. Ist er verheiratet oder anderweitig gebunden oder ist er solo?

Ich werde in aller Ruhe antworten, wenn ich im Büro bin. Ich muss nachdenken und meine Worte mit Bedacht wählen.

Jutta ist schon da. Sie sitzt in allerbester Laune hinter ihrem PC und tippt fleißig. Es riecht nach Kaffee und sie hebt kurz den Kopf.

„Guten Morgen, Kati. Kaffee ist fertig."

Ich stelle meine Tasche ab. Der Kaffeeduft hat mich also nicht getäuscht. „Prima, den benötige ich jetzt unbedingt."

Während ich in der kleinen Küche stehe und meinen Kaffee einschenke, formen sich die Worte für eine Antwort an Peter. Ich gehe zurück in mein Büro. Jutta ist zum Glück völlig in ihre Arbeit vertieft. Es fällt ihr auch nicht auf, dass ich mein Smartphone herauslege und schreibe. Ich komme mir auch etwas dumm vor, solche über solche Themen zu schreiben und ohrfeige mich dafür, dass ich ihn nicht darauf angesprochen habe. Irgendwie fühle ich mich wie ein Teenager.

„Hallo Peter, mir liegt da etwas auf der Zunge. Hätte dich gerne persönlich gefragt, möchte aber nicht warten und es wissen, bevor wir uns wieder treffen. Bitte sei ehrlich. Ich möchte aufgrund einer negativen Erfahrung gerne Klarheit. Bist du gebunden? Liebe Grüße, Katja."

Senden

Raus ist sie. Ich lese die Nachricht noch einmal durch, finde sie nicht genau formuliert und möchte sie gleich wieder löschen.

Das Telefon an meinem Schreibtisch läutet. Ein Blick aufs Display.

Es ist der Chef. Ich muss sofort rangehen.

Ich lege das Smartphone zur Seite. Der Text bleibt stehen.

„Guten Morgen", melde ich mich.

Ich bekomme ein paar Terminsachen zum Bearbeiten. Sie müssen bis Mittag fertig sein. Mein Kopf ist sofort bei der Arbeit.

Die Zeit rast dahin und ehe ich mich versehe, ist der Arbeitstag fast vorbei. Das Wochenende winkt schon. Ich bin ganz froh über die Arbeitszuweisung gewesen. So konnte ich tiefere Gespräche mit Jutta umgehen. Ich hatte absolut keinen Nerv mich über den tollen Jochen zu unterhalten, um mir anzuhören, wie super er sie verwöhnt. Ein schnelles: „Wir gehen morgen Abend fein aus. Zum ersten Mal seit einem halben Jahr", in der Kaffeeküche war alles gewesen. Später war zum Glück der Chef öfter bei uns im Büro, um mit Jutta oder mir ein paar Berichte durchzugehen.

Feierabend. Endlich.

Jutta hat es zum Glück eilig, wünscht allen ein entspanntes Wochenende und düst ab.

Ich genieße es, in Ruhe zusammenzupacken. Und schon bin ich die Letzte in der Steuerkanzlei.

Auch gut, denke ich. Dann schließe ich eben ab.

Zur Sicherheit gehe ich noch einmal durch alle Büroräume. Passt.

Zurück an meinem Schreibtisch setze ich mich noch einmal hin. Ich entdecke mein Smartphone und sehe, dass ein paar Nachrichten eingegangen sind. Eine vom Mädels-Chat, eine von meiner Schwester, zwei von Anna und eine stammt von Peter. Diese öffne ich zuerst.

„Kannst du telefonieren?"

Ich schaue, wann er die Nachricht versendet hat. Das war vor knapp zehn Minuten. Ich tippe: „Ja" und sende es ab.

Kurz darauf ruft Peter an.

„Hi", begrüße ich ihn.

„Hallo Süße", kommt es nahezu überschwänglich. „Das war gestern einfach der Hammer. Ich kann nicht mehr aufhören, an dich zu denken."

„An Sex?"

„Nein, an dich."

Ich bin überrascht. Ich habe mit allem gerechnet, nur nicht damit.

„Wie meinst du das?"

Peter atmet hörbar schwer. Ich spüre seine Aufregung. Der coole Typ und weltbeste Affären-Mann scheint um Worte zu ringen. „Katja, ich glaube, in meinem Bauch sind Schmetterlinge geschlüpft."

Seine Worte lassen meine Lust auf Sex mit ihm platzen, als wären es Seifenblasen. Ich möchte wissen, ob er frei oder gebunden ist und komme auf den Punkt: „Peter, ich hatte dich etwas gefragt. Du hast es gelesen."

„Ja, richtig!"

„Bist du gebunden?"

Wieder schwere Atemzüge. Ich bin froh, dass es kein Video-Call ist. Ich möchte sein Gesicht jetzt nicht sehen. „Ja. Ich bin verheiratet, aber die Ehe ist seit Jahren im Eimer. Wir leben wie Geschwister zusammen. Außer gemeinsamen Mittag- oder Abendessen und zusammen in den Urlaub fahren, gibt es nichts mehr zwischen uns."

Plong, puff, peng. Immer mehr Seifenblasen, in die ich meine sexuellen Wünsche gesteckt habe, zerplatzen. Es schmerzt auch ein wenig. Ich fühle mich wie ein Kind, dem man sein Lieblingsspielzeug wegnimmt.

„Weshalb dann noch gemeinsam in den Urlaub fahren? Wieso trennt ihr euch nicht?", schiebe ich sofort dazwischen.

„Wegen unserer beiden Kinder. Sie sind acht und zwölf Jahre alt. Zudem ist das Reihenhaus, in dem wir wohnen, noch nicht abbezahlt. Alles nicht so einfach, aber ich bekomme das in den Griff."

Verheiratet, zwei Kinder, ein Darlehen. Daher weht der Wind. Freundschaft Plus, aber nur, wenn er Zeit hat. Ich stehe ständig nur auf Abruf.

„Ich dachte, du bist solo", entgegne ich.

„Wir haben nie darüber gesprochen. Du hattest nur nach meinen Erfahrungen auf dem Portal gefragt."

Ich suche nach den richtigen Worten. „Ja, das stimmt. Aber Ehrlichkeit ist für mich tatsächlich wichtig. Auch Regelmäßigkeit."

„Oh, wir können uns schon regelmäßig treffen", intervenicrt er sofort. „Außerdem ..."

„Außerdem was?"

„Wie soll ich es sagen? Nun, ich entwickle Gefühle für dich. Ich glaube, dass ich mich ganz schön in dich ..."

Ich ziehe sofort den Quassel-Stecker und rufe: „Stopp!"

Er schweigt.

Ich hake ein: „Wir haben eine Sex-Affäre. Ohne Gefühlsduselei. Das war die Basis, auf der wir uns getroffen haben."

„Bin ich nicht dein Typ?"

„Das ist es nicht."

„Was dann? Wir mögen uns, es passt."

„Es passt eben nicht. Du meldest dich, sobald es dein Terminkalender zulässt. Du bist nicht frei und du stiehlst die Zeit für unsere Affäre von deiner Familie, von deinen Kindern. Das belastet mich. Oder weiß deine Frau, dass du eine Affäre hast? Führt ihr eine offene Ehe? Kann ich jederzeit bei dir zu Hause anrufen und nach dir fragen? Das könnte die Sache vielleicht noch einmal ändern."

Er druckst herum. „Lass uns in einer Woche treffen. Dienstagnachmittag oder am Mittwochabend würde es gut gehen. Da ist sie ... äh ... da habe ich keine Geschäftstermine. Ich kann für Mittwoch gerne ein Hotelzimmer buchen."

Täusche ich mich oder klingt Peters Stimme brüchig.

Er kämpft mit Tränen. So verletzlich kenne ich ihn gar nicht. Na ja, eigentlich kenne ich ihn überhaupt nicht.

„Peter", beginne ich. „Ich habe gerade erst eine Beziehung beendet. Das ist mir alles andere als leicht gefallen. Ich möchte das Leben und die Freiheit genießen. Zudem hängt mein Herz auch noch ein klein wenig an Alex", schiebe ich nach, um alles zu verdeutlichen. „Ich möchte eine Affäre, um meine menschlichen Gelüste zu erfüllen. Ich wollte eine Freundschaft Plus. Mehr nicht. Ich bin absolut nicht bereit für eine neue Beziehung und ich möchte definitiv nicht der Grund für eine Trennung sein. Erst recht nicht, wenn noch Kinder da sind."

Schweres Schnaufen. „Katja ..."

Ich falle ihm ins Wort. „Heißt du überhaupt Peter?"

„Nein, ich heiße Björn. Das hätte ich dir nächste Woche auch gesagt. Ich schwöre."

Peter, oder Björn, wie er angeblich heißt, erinnert mich an Jochen. Er hat Jutta auch einiges versprochen. „Peter ..."

„Björn", korrigiert er mich.

„Also gut, Björn, du bist ein echt lieber Mensch, ein Gentleman, ein toller Mann. Siehst gut aus und vögelst wie ein junger Gott, aber du bist weder frei noch mein Traummann. Ich glaube, es ist besser, wir beenden die Affäre und behalten sie so in Erinnerung, wie sie war. Geil, schön und eine ganz besondere Momentaufnahme. Mehr nicht."

Schluchzen.

„Weinst du?"

Er fängt sich ein. „Wieso gibst du uns keine Chance?"

„Zum Lieben gehören immer zwei. Du liebst allein, denn ich liebe dich nicht. Wenn man jemanden liebt und von diesem Menschen nicht zurückgeliebt wird und dennoch regelmäßig in Kontakt steht, frisst das einen auf. Und wenn sich die geliebte Person dann noch mit einer dritten Person trifft, katapultiert das den Liebenden in den Folterkeller der Gefühle. Verstehst du, was ich meine?"

„Ich denke schon."

„Sex mit dir war wirklich schön und einzigartig. Ich danke dir dafür. Ich behalte dich als Peter, nicht als Björn, in Erinnerung. Lass uns getrennte Wege gehen. Kümmere dich um deine Kinder und kläre das mit deiner Ehe. Erst dann kannst du in aller Ruhe losziehen und dich ohne Geheimniskrämerei auf den Markt werfen."

„Es tut weh, Katja."

„Es ist zu frisch, um weh zu tun. Du kennst mich noch gar nicht richtig und Katja ist auch nicht mein richtiger Vorname. Verliere dich nicht in einer Illusion."

Ein kurzes Schniefen. „Ich möchte deinen richtigen Namen gar nicht wissen. Ich werde dich als Katja in Erinnerung behalten."

Es klingt so, als hätte er es akzeptiert. „Mach's gut, Peter, Björn oder wie auch immer."

Ich lege auf, lehne mich zurück, atme kräftig durch und merke, dass auch ich Tränen in den Augen habe.

Das hätte ich das niemals gedacht. Peter ist bisher der beste Fick meines Lebens und ich dumme Pute schicke ihn in die Wüste. Andererseits heißt es so schön: Weisheit kommt langsam, aber wenn sie da ist, soll man sie nicht zurückweisen!

Es ist sehr weise, diese komplizierte Beziehung erst gar nicht einzugehen. Sie hat keine Zukunft. Jedenfalls nicht jetzt. Keine Schmetterlinge im Bauch, keine Liebe. Freundschaftliche Zuneigung ja, aber keine Liebe!

Die Sache mit Peter wäre früher oder später eskaliert. Da bin ich mir sicher. Wir beide hatten fantastische erotische Treffen, aber wenn eine einseitige Liebe hinzukommt, wird es problematisch.

Bei richtig gutem Sex sind der Fantasie kaum Grenzen gesetzt. Du liebst und lebst diese einzigartige Ekstase.

Dieser Sex sollte idealerweise eine Einheit von emotionalem Verlangen und körperlicher Intimität, Kreativität, sinnlicher Lust und Erregung sein.

Die ruhigen Minuten nach dem Sex, in denen sich die Welt nicht weiterzudrehen scheint, können die intimsten Momente sein, die ein Paar miteinander erlebt. Diese Momente sind noch intimer als der Sex selbst, bei dem die Lust und das Verlangen, die Versautheit und das Abenteuer regieren und weniger das Gefühl.

Und am schönsten ist es, sich dem Planeten Erde nach einer erotischen Reise zu zweit wieder zu nähern. Eng umschlungen, Arm in Arm.

Letzteres war zwischen mir und Peter nicht der Fall.

Hat man diese Ebene der Zuneigung nur allein erreicht und der Partner spürt nichts, läuft man Gefahr, sich zu verlieren. Dann verkehrt sich die Gefühlswallung ins Negative und man stürzt ab.

Wenn man jemanden abgrundtief und bedingungslos liebt, ist jeder Tag ohne diesen Menschen trist, leer und kalt.

Weiß man, dass diese Liebe nur einseitig existiert, lebt man unweigerlich im Gefühlsvakuum.

Nichts macht mehr Freude und das Leben ist zu einem notwendigen Dasein geworden, um die Pflichten für das persönliche Umfeld zu bewältigen. Nichts weiter.

Die Nächte sind lang, leer, schmerzhaft und grausam. Durch die Tage marschiert man zombiehaft. Eine eiserne, kalte Faust hält das Herz gefangen, insofern es überhaupt noch vorhanden ist. Manche Herzen zerspringen in tausend Teile und man muss sie Stück für Stück suchen, säubern und mühselig zusammensetzen, bis es wieder funktioniert.

Ich denke, davor habe ich Peter, und auch ein Stück weit mich selbst, bewahrt.

Herzschmerz ist die schlimmste Art des Leidens. Hier herauszukommen ist schwer. Entschieden zu viele Menschen gehen im Meer der Leidenschaft unter oder stürzen in die Schlucht der Selbstzerfleischung. Die wichtigsten Anker vor dem endgültigen Absturz sind zwei Dinge. Zeit und Menschen. Menschen, die dir im richtigen Moment, oftmals ganz unspektakulär, die Augen öffnen.

Sie sind es, die dich führen und halten, wenn du nichts mehr siehst. Sie bleiben bei dir, bis sich die kalten Nebelschleier fetzenartig heben und langsam auflösen. Sie sind es, die dir die wärmende Sonne zurückbringen und dir wieder das Lachen ins Gesicht zaubern.

Man muss diese Freunde nicht oft sehen, man muss ihnen nicht täglich schreiben, man muss sie nur "haben" und wissen, dass man sich jederzeit an sie wenden kann.

Und die Zeit, ja, sie ist es wirklich, die uns lehrt, mit Wunden zu leben. Sie heilt sie nicht, aber sie hilft dabei, sie erträglich zu machen, bis sie bestenfalls ganz verschwunden sind.

Ich war nur ein einziges Mal in meinem Leben in so einem Loch. Und ich möchte so etwas weder selbst noch einmal erleben, noch wünsche ich jemand anderem solche Seelenschmerzen erleiden zu müssen.

Auch das ist ein Grund, weshalb ich Peter schweren Herzens so unerwartet schnell, und auch etwas kalt, abserviert habe.

Ich spüre etwas Wehmut in mir und weiß jetzt schon, dass ich Anna etwas vorjammern werde. Sie wird sagen: „Scheiß drauf! Es gibt noch mehr Männer!" und nach dem Gespräch mit Anna wird die Welt wieder in Ordnung sein.

Ich bleibe noch eine ganze Stunde im Büro sitzen und starre an die Wand. Ich stelle fest, dass mich die Sache doch mehr mitnimmt, als ich anfangs dachte. Das Gute daran ist, dass ich demnach doch nicht die eiskalte Bitch bin, die sich von jedem Kerl, der einen ordentlichen Ständer hat und gut aussieht, ficken lässt. Ich konnte das mit Peter auch genießen, weil es gepasst hat. Er war für mich der perfekte Freund Plus. Schade, aber er ist und bleibt Geschichte. Ich schreibe Anna an und bitte sie, mir einen Abend am Wochenende für Mädels-Gespräche zu reservieren. Sie hat mir, ohne viel nachzufragen, sofort den Samstagabend geschenkt. Prima. Dann brauche ich nur etwas Abwechslung für heute. Ich entscheide mich für meine Lieblingspizza und einen Netflix-Abend. Komödie, Schmachtfetzen oder eine Serie. Mal sehen, worauf ich Lust habe. Ich lasse mich überraschen.

Der Samstag war rasend schnell vorbei. Anna und ich haben Spaghetti gekocht. Diesmal eine Sommervariante mit Tomaten, Zitronen und Pistazien. Lecker! Dazu tranken wir unsere obligatorische Flasche Freundinnen-Wein. Ein guter Rosé. „Schnitt, ganz und gar", hat mir Anna empfohlen. „Cut! Off and out!" Ich habe anschließend seine Nummer gelöscht und ihn auf dem Profil gesperrt. Mit dem Klassiker-Spruch der emanzipierten Mädels schlechthin hat sie mich dann, natürlich erst als die Flasche Wein geleert war, als *geheilt* entlassen. „Hinfallen, wieder aufstehen, Krone richten und weitergehen, Prinzessin." Was würde ich nur ohne meine beste Freundin machen? Anna ist unbezahlbar. Sie hat meine Seele gereinigt, den Kopf repariert und die Stimmung ins Lot gebracht.

Beim Abschied drücke ich sie total lang.

Der graue Vorhang verfliegt schneller als befürchtet und die Arbeitswoche läuft prima. Jutta hat spontan eine Woche Urlaub beantragt und auch genehmigt bekommen. Sie fliegt mit Jochen *Last Minute* nach Griechenland. „Eigentlich hätte er auf Geschäftsreise müssen", erklärt sie dem Chef, „aber dann wurde der Termin storniert und wir haben dieses super Angebot gefunden."

Meine Variante klingt anders. Dieser Drecksack hat die Reise garantiert für sich und eine x-beliebige Frau gebucht. Das Fick-Date ist abgesprungen. Er hat auf dem Profil nach dem Kontakt mit mir kalte Füße bekommen, also sucht er sein Glück bei seiner eigenen Frau. Das ist jedenfalls meine Version.

Später erfahre ich, dass beide tatsächlich zusammen in einem Reisebüro waren und den Urlaub gemeinsam gebucht haben. Ich schäme mich ein bisschen und hoffe, dass Jochen nun endgültig zurück zu Jutta gefunden hat.

Dienstag gehe ich nach Büroschluss ein paar Kleinigkeiten einkaufen. Milch, Kaffee, eine neue Flasche Wein, etwas Obst und Gemüse und eine kleine Hähnchenbrust. Ich schiebe den Wagen in Richtung Kasse und mein Herz bleibt fast stehen. Der Kaki-Mann ist gerade am Zahlen.

Verdammt, warum habe ich ihn nicht eher gesehen.

Ich beeile mich, um mich an der kurzen Schlange anzustellen. Meine Hoffnung ist, dass er mich entdeckt, auf mich wartet und wir vielleicht einen Kaffee trinken gehen.

Von der Seite kreuzt eine ältere Dame. Unsere Einkaufswägen krachen fast zusammen.

„Junges Mädel, nicht so eilig", stößt sie aus.

„Tschuldigung", hasple ich, den Blick zur Kasse gerichtet. Ich sehe nur noch seinen Rücken. Er verlässt den Supermarkt. Geht nach rechts weg.

„Mist!", schimpfe ich.

Die ältere Dame sieht mich schockiert an. Ich zucke zusammen, bemerke meinen Fauxpas und entschuldige mich noch einmal. Dieses Mal mit einem Lächeln. „Ach, ich Schussel hätte fast etwas vergessen", schiebe ich vor, um nicht allzu viel erklären zu müssen. „Gut, dass nichts Schlimmeres passiert ist."

Ein Schuss Freundlichkeit ist zu erkennen. „Das ist mir auch schon passiert. Alles gut."

„Schönen Abend noch", sage ich und schiebe meinen Wagen durch den Gang mit den Süßigkeiten. Ich habe zwar allem entsagt, um meine Sommerfigur zu halten, aber heute ist eine Frust-Praline angebracht. Ich suche mir eine gemischte Packung aus, lege sie in den Wagen und gehe zur Kasse.

Jedenfalls weiß ich jetzt, dass er mit hoher Wahrscheinlichkeit hier in der Nähe wohnt. Ich muss nur die Augen offenhalten, um mich zur richtigen Zeit in Szene zu setzen.

Dieser Gedanke, und natürlich auch die Vorfreude auf eine oder zwei Pralinen, schenken mir gute Laune.

7

Es sind vier Dinge, die mich veranlassen Claudia anzurufen. Ganz oben steht meine immense Neugier. Ich war noch nie auf einer Sex-Party und möchte das zumindest einmal im Leben live mitmachen, miterleben, mitfühlen. Ich habe volles Vertrauen in Claudia und Maja. Sie zwingen einen zu nichts und ich bin bei ihnen zu einhundert Prozent *safe*. Ich habe absolut keine Bedenken, dass mir etwas passieren wird, dass ich etwas tun muss, das ich nicht mag. Ich denke, daran gibt's nichts zu rütteln.

Zweitens kehrt die Geilheit zurück. Nach dem Ende meiner genial erotischen Affäre möchte ich nicht wieder ausschließlich auf Womanizer und Dildo zurückgreifen müssen.

Bevor ich über das Profil einen anderen Affären-Mann suche, probiere ich doch lieber diese einzigartige Einladung aus.

Drittens hilft es sicher die Sache mit Peter schneller zu vergessen und wer weiß, vielleicht ergibt sich ja spontan etwas Neues, grinse ich.

Der vierte Grund ist eher banal. Ich habe noch nichts vor und auch wenig Lust, mit Anna oder einer meiner anderen Freundinnen aus der Mädelsgruppe abzuhängen. Ein Treffen mit ihnen endet in der Regel im Kino, Theater oder einem Restaurant. Da die Girls extrem neugierig sind, würden sie mich nur mit Fragen löchern und bombardieren.

Sorry Mädels. Sonst immer gerne, aber nicht an diesem Wochenende!

Irgendwie bin ich mental schon auf die Privatorgie eingestellt. Entsprechend betreibe ich, wie soll ich sagen … vorausschauende Kosmetik.

Der alte Nagellack ist ab und der neue Look aufgetragen. Ein schönes, freches, leuchtendes Rot. Nicht zu dunkel, nicht zu hell. Passend zum Dessous.

Meine Haare sind frisch gewaschen und unter einem Handtuch versteckt, dass ich wie einen Turban um den Kopf gewickelt trage. Die matschbraune Maske, die ich im Gesicht aufgetragen habe, macht mich auch nicht gerade anziehend. Mit meinen grünen Zehenspreizern an den Füßen wackle ich in den Flur. Ich komme mir vor wie ein Frosch und bin heilfroh, dass mich niemand sieht. Meine Handtasche hängt am gewohnten Platz. Zielsicher greife ich rein, greufe in die innen befindliche kleine Seitentasche und bekomme Claudias Visitenkarte zu fassen. Es geht zurück ins Wohnzimmer. Ich nehme das Handy und lasse mich mehr ins Sofa fallen, als dass ich mich setze.

Ein wenig mulmig ist mir schon zumute, als ich die Nummer eingebe. Statt zu wählen entscheide ich mich, sie erst als einen neuen Kontakt zu speichern.

Erledigt. Herzklopfen. Der Kontakt ist geöffnet, ich drücke auf das grüne Anrufzeichen.

Das Freizeichen ertönt.

Die Königin. Wie kommt man zu so einem Spitznamen? Hat es etwas mit ihrem Nachnamen zu tun? Regiert sie ein kleines, selbst erschaffenes Reich? Ist sie die Königin der Nacht und treibt sich bis in die frühen Morgenstunden in ihren Bars und Lokalen herum?

Es tutet immer noch. Ich hoffe nicht, dass die Mailbox anspringt. Ich bin dermaßen schlecht darin, spontane Sprachnachrichten zu hinterlassen.

Ob sie überhaupt noch weiß, wer ich bin? An die Situation erinnert sie sich garantiert. Schließlich habe ich ihr ein sexuelles Abenteuer, sagen wir mal, in letzter Minute platzen lassen. Aber kennt sie noch meinen Namen und hält sie die Einladung tatsächlich aufrecht?

Je länger es läutet, desto unsicherer werde ich. In dem Moment, als ich den Anruf beenden möchte, geht sie ran.

„Hallo?"

„Claudia, bist du's?", frage ich und schiebe ein: „Hi, hier ist Kati", hinterher.

Kurzes Schweigen. Ich glaube, sie kann sich nicht mehr an mich erinnern. Ich bin so doof. Eine Frau wie Claudia hat sicherlich viele Asse im Ärmel. Mich wird sie schon längst abgeschrieben haben.

„Süße, das ist schön dich zu hören … autsch."

Ich höre ein Stöhnen. Etwas peinlich berührt frage ich: „Rufe ich ungelegen an?"

„Nein, nein. Alles gut. Mein Masseur ist nur gerade hier und knetet mich durch. Deshalb konnte ich auch nicht gleich ans Handy gehen. Ahh … ja, genau da. Hier zwickt es bisweilen. Sorry, Kati … ich musste nur gerade Anweisungen geben."

„Ich kann auch später …"

„Nein, nein. So habe ich wenigstens Unterhaltung", kommt von Claudia. „Schön, dass du dich meldest."

„Ich glaube, ich habe mich noch gar nicht für das Taxi bedankt."

„Schon gut. Das ist absolut in Ordnung. Es war ein richtig schöner Abend. Maja und ich haben ihn noch recht heiß ausklingen lassen."

„Das freut mich."

„Was kann ich für dich tun?", fragt sie.

Ich druckse ein wenig herum und räuspere mich. „Tschuldigung, Frosch im Hals. Ich rufe wegen der Party an, von der du erzählt hast. Findet sie statt und steht die Einladung noch?"

Jetzt ist es raus. Ich bin stolz auf mich. Kati, du hast dich schon wieder etwas getraut. Aus dir wird noch eine prima Emanze!

„Liebes, Kati, das ist doch fantastisch. … aua … weiter zur Mitte bitte ... oh ja … ohhhh … das tut gut."

„Samstag?", frage ich.

Stöhnen. „Uff … Excuse moi, Cherie. Das tat richtig gut. Er kann es einfach. Ja, Samstag, ab 21:00 Uhr bei mir in der Wohnung. Läute bei dem Klingelschild ohne Namen. Wenn keiner öffnet, gehe ins Lokal und sage der Bardame, dass du eine Einladung hast."

„Klasse. Soll ich etwas mitbringen."

Lachen. „Du bist echt goldig. Ja, Cherie, pack dich sexy ein und bring dich mit."

„Ich freue mich schon", jubiliere ich und meine gute Laune ist mir direkt anzuhören.

„Wie schön, Maja und mich freut es auch. Bis Samstag. Au revoir."

Ich lehne mich zurück. Wenn ich eine Flasche Prosecco im Kühlschrank hätte, wäre jetzt ein Glas fällig gewesen. Ich beschließe beim nächsten Einkauf ein oder zwei von diesen Piccolos mitzunehmen.

Die haben genau die richtige Größe.

Befinde ich mich in der Midlife-Crisis? Bin ich eine richtige Bitch und habe gerade mein Coming-out oder genieße ich einfach auf eine für mich spektakuläre Art und Weise mein Leben und hole alles nach, was ich bisher verpasst habe? Wie heißt es so schön? Am Ende des Lebens bereut man nicht die Dinge, die man getan hat, sondern jene, die man NICHT getan hat.

Ich stehe auf und watschle ins Bad. Es ist Zeit, die Maske abzuwaschen. Beim Blick in den Spiegel muss ich lachen. Ich sehe schrecklich aus.

Später sitze ich auf dem Sofa und ziehe mir ein paar Folgen von *Emily in Paris* rein.

Ich bin gut gelaunt und freue mich auf diese verruchte Party.

Bevor ich ins Bett gehe, checke ich die Nachrichten auf dem Dating-Fuck-Portal.

Heute nur Mist im Postfach!

Ich kann es mir nicht verkneifen bei der einen oder anderen Nachricht zu antworten, um zu sagen, wie bescheuert die Typen sind. Natürlich mit ausgewählten Worten.

Einem angeblich 18 Jahre alten Boy schreibe ich, er soll sich mit gleichaltrigen abgeben und nicht versuchen, bei älteren Frauen um Beischlaf zu betteln.

Einem anderen, dass er wohl wirklich nicht glaubt mit dem Satz: „Hey. Jetzt Bock auf zu Ficken?", Erfolg zu haben.

Zweien gebe ich nette Absagen. Die beiden Männer hatten schöne Texte geschrieben, sie passen jedoch überhaupt nicht in mein Suchmuster.

Geschafft. Alle Mails im Papierkorb und die netten Schreiber haben eine Antwort erhalten.

Ich möchte mich soeben abmelden, als noch eine Mail eintrudelt.

Na gut, sage ich mir und öffne sie. Ich lese und weiß nicht, ob ich lachen oder weinen soll.

„Ich bin dein Herr und Meister! Du wirst mir dienen und meine Befehle befolgen! Anfangs wirst du mir ein paar Nacktfotos von dir senden. Danach erhältst du weitere Anweisungen!"

Ich antworte: „Hey du Spinner! Ich habe deine bescheuerte Nachricht meinem Freund gezeigt. Er freut sich schon, dich kennenzulernen und dir beizubringen, wer der Master und wer der Sklave ist."

Senden.

Er geht offline.

Ich setzte das Profil auf *gesperrt*

Sicher ist sicher. Von diesem Spinner möchte ich nicht mehr angeschrieben werden.

Ich melde mich ab und gehe ins Bett.

Ich fühle mich großartig. Sämtliche Dinge, die mich mental herunterziehen, habe ich in den Griff bekommen. Die Welt ist wieder rosa und bunt und ich genieße das Leben.

Wenn das die Menschheit wüsste. Die brave Katrin geht zu einer privaten Swinger Party!

Dieses Mal werde ich darauf eingestellt sein und mich nicht überrollen lassen, sage ich zu mir selbst.

Ich denke an Claudia und Maja, an ihre perfekten Körper und schlafe ein.

Schon den ganzen Vormittag bin ich hippelig. Was ich auch tue, meine Gedanken fließen immer wieder zum Abend, zur Party zu meiner neuen, bevorstehenden sexuellen Erfahrung. Es fühlt sich komisch an. Einerseits erregt es mich total, andererseits lähmt es mich.

Hoffentlich kneife ich nicht wieder im entscheidenden Moment.

Zur Überbrückung der Wartezeit war es meine ursprüngliche Idee, zum Supermarkt zu gehen. Dort befindet sich im Eingangsbereich die Filiale einer Bäckerei-Kette mit einem kleinen Kaffee-Eck. Sie haben zwei kleine Tische mit Sitzgelegenheiten und einen Stehtisch aufgestellt. Meine Hoffnung wäre gewesen, Mr. *Hot-Guy* zu sehen und ihn anzusprechen.

Er geht mir nicht mehr aus dem Kopf und jedes Mal, wenn ich an ihn denke, fange ich an zu schwärmen.

Fang dich ein, Kati! Du kennst ihn nicht. Vielleicht ist er vergeben. Ganz sicher sogar. Er sieht gut aus und hat Manieren.

Wieder ringen Teufel und Engel in meinem Kopf miteinander.

Wenn er vergeben wäre, hätte er seine Frau fragen können, was eine Kaki ist und wie sie schmeckt.

Sie war beim Einkaufen nicht dabei. Und außerdem geht *ER* immer einkaufen. Auch bei *Jackson* war er ohne weibliche Begleitung. Er war mit zwei Männern unterwegs.

Oh Gott, er ist schwul!

Quatsch. Er hat mit den Augen geflirtet. Schwule Jungs sind zwar meistens sympathisch, aber sie flirten recht selten mit Frauen. So ist zumindest meine Erfahrung.

Ich werfe Teufelchen und Engelchen, zeitgleich mit der Idee zum Supermarkt zu gehen, aus dem Kopf und suche meinen Körper stattdessen nach kleinsten Härchen ab, die ich möglicherweise beim Rasieren übersehen habe. Ich möchte heute Abend perfekt aussehen, möchte, dass Hände und Zungen über mich gleiten und … verdammt!

Ich muss an etwas anderes denken, ich werde geil und habe Lust, mich selbst zu befriedigen. Nein! Diesen Spaß gönne ich mir jetzt nicht.

Zufrieden mit dem Ergebnis der Absuche, streife ich den dünnen Bademantel über, gehe ins Wohnzimmer und schalte das Radio ein. Ich suche den coolen Oldie-Sender und bewege mich anschließend im Rhythmus des unverkennbaren Gitarrensounds von *Dire Straits* in die Küche. Mark Knopflers markante Stimme schmettert *Money for Nothing* und ich stimme mit ein.

Coffee-Time. Und zwar hier in der Küche und nicht im Supermarkt-Kaffee.

Es wäre zudem fatal, wenn ich ihn dort träfe und er mich für heute Abend einladen würde.

Gedankenspiele schweifen los.

Sorry, aber ich muss zu einer Sex-Orgie. Ich möchte durchgevögelt werden und neue Sachen entdecken. Zum Beispiel von einer Frau geleckt zu werden, an ihren Titten herumspielen und mich auch in ihrem Schoß zu verirren.

Ich lache. Mit so einem Satz würde ich wohl jeden Mann sprachlos machen. Nein, es ist wirklich besser, ihn heute nicht zu treffen. Der heutige Abend gehört mir. Mir und meiner neuen schier unbändigen Lust ins unbegrenzte Land der Erotik zu gleiten.

Habe ich noch etwas von der guten Body-Lotion hier?

Ich gehe ins Bad und sehe nach.

Mist! Nahezu leer, das reicht niemals.

Ein Blick auf die Uhr. Es ist noch reichlich Zeit. Ich trinke in Ruhe eine Tasse Kaffee, dann schlüpfe ich in Unterwäsche, Jeans, T-Shirt und Sneakers. Ein Blick nach draußen folgt. Es sieht frisch aus. Wetterumschwung. Vorgestern war es noch herrlich sonnig, gestern eher durchwachsen und heute ist es herbstlich kühl.

Ich tausche das T-Shirt gegen ein Langarm-Shirt und ziehe die Jeansjacke darüber. Los geht's.

Zum Glück habe ich es nicht weit zur U-Bahn und umsteigen muss ich auch nicht. Am Stachus ist für mich Endstation. Hier muss ich raus. Menschenmassen. Stadtfeeling. Ach, wie ich mein München und die Fußgängerzone liebe.

Mein Weg führt zu *Rituals*. Die netten Verkäuferinnen sind gut beschäftigt und so habe ich Zeit, zwei neue Duftrichtungen zu testen. Die erste ist mir zu blumig, die zweite riecht gar nicht schlecht. Ich nehme eine kleine Packung. Dann gehe ich zu meiner Lieblings-Lotion und entscheide mich für eine große Packung. Das lohnt sich.

Es beginnt zu tröpfeln und ich habe große Lust, nass zu werden. Verrückt, ich weiß, aber es macht Spaß. Ich entdecke in der Fußgängerzone noch einen Gemüsestand, gehe hin und kaufe ein paar Kleinigkeiten.

Perfektes Mittagessen, denke ich.

Danach fahre ich nach Hause.

Ich habe eine gute Stunde vor meinem Kleiderschrank verbracht und bin mit dem Ergebnis sehr zufrieden. In schwarzen High Heels und meinem knielangen, dünnen Mantel gehe ich aus dem Haus. Das Wetter hat sich leider nicht gebessert. Kühler Wind kündigt das Ende des Sommers an. Der Asphalt glänzt nass. Es fallen zum Glück nur noch vereinzelt Regentropfen vom Himmel.

Unter dem Mantel trage ich nur mein schwarzes, knielanges Kleid. Darunter natürlich das neue rote Dessous-Set, bestehend aus einem Hauch von String, eine Büstenhebe, die meine Brustwarzen gerade noch überdeckt, aber schon den Hof zeigt, und Netzstrümpfe.

Sobald ich das Kleid ausziehe, werde ich mit meinem sexy Outfit hoffentlich Blicke auf mich ziehen.

Ein Windstoß fährt unter den Mantel und ich beginne zu frösteln.

Gut, dass ich mir heute ein Taxi leiste.

Mit dem Outfit und aufgrund des Wettertiefs wollte ich nicht mit den öffentlichen Verkehrsmitteln fahren. Selbst fahren kommt auch nicht in Frage. Ich werde aller Voraussicht nach das eine oder andere Gläschen trinken und müsste dann das Auto stehen lassen.

Wo bleibt es denn?

Als ich bei der Taxizentrale angerufen habe, meinte der Fahrer, er wäre in fünf Minuten hier.

„Oh Mann, das nervt", stoße ich aus.

Kaum habe ich meinen Unmut freien Lauf gelassen, sehe ich das Taxi. Der Fahrer rollt langsam die Straße entlang, vermutlich sucht er die richtige Hausnummer. Ich winke, er sieht mich und rollte her. Der Warnblinker leuchtet auf. Ich sehe, wie der Taxifahrer meine Figur mustert.

Na, toll!

Da ich wenig Lust auf Smalltalk mit ihm habe, steige ich hinten ein.

„Guten Abend, schöne Frau. Wohin geht die Reise?"

Eine Spur zu freundlich. Zudem registriere ich im Rückspiegel seinen Blick. Wenn ich nicht ganz blind bin, hat er sich gerade an meiner Brust festgesaugt. Ich nenne die Adresse.

„So ein Sauwetter", schimpft der Fahrer.

Ich reagiere nicht, ziehe mein Handy aus der Tasche und tippe beliebige Dinge ein. Er soll merken, dass ich nicht mit ihm sprechen möchte. Es funktioniert.

„Wir sind da", sagt er und hält an. Ich zahle die Fahrt, runde auf und steige aus. Ich stehe vor dem Eingang und schnaufe einmal kräftig durch. Es ist zwanzig Minuten nach 21:00 Uhr.

Gut.

Ich wollte weder die Erste noch die Letzte sein. Meine berüchtigten Zweifel, die gerne in der letzten Minute hochgeschossen kommen und mich zu Spontanabsagen neigen lassen, bleiben aus. Ich gehe zur Tür, suche die Klingel ohne Namen und drücke zweimal drauf. Kurz darauf höre ich einen Summton. Ein kurzer kräftiger Ruck an der Tür und ich stehe im Treppenhaus. Ich gehe nach oben. Maja steht im geöffneten Eingangsbereich und lächelt mir entgegen.

Sie sieht toll aus. Barfuß und lange Beine. Sie trägt ein hauteng anliegendes Kleid. Wie ich später sehe, mit offenem Rückenteil. Ihre Brustwarzen zeichnen sich deutlich ab. Den Abdruck eines Slips vermisse ich.

Unter dem Kleid ist sie splitternackt, stelle ich sofort fest.

„Kati", begrüßt sie mich bestens gelaunt. „Ich freue mich richtig, dass du da bist. Komm rein!"

Sie schließt hinter mir die Tür.

„Hallo Maja."

Wir umarmen uns und geben uns dabei Wangenküsschen.

„Gib mir deinen Mantel."

Der Flur ist mit Kerzenlicht ausgeleuchtet. Die Flammen zappeln im Zugwind. Wachs rinnt an den Seiten herunter. Aus dem Wohnzimmer höre ich einige Stimmen und Lachen. Im Hintergrund läuft leise Musik.

„Bin ich nicht die Erste?", stelle ich erleichtert fest.

Maja hängt meinen Mantel an der Garderobe auf. „Nein, die Meisten sind schon hier."

Claudia betritt den Flur. Auch sie sieht bezaubernd aus. Schwarzer Slip, darüber weht ein fast durchsichtiger schwarzer Kimono. Ihre Brüste sind gut zu erkennen. Die sportlichen, durchtrainierten Beine glänzen. Auch ihre Füße stecken in High Heels. Noch längere Absätze als meine, stelle ich fest.

„Kati, Cherie", begrüßt sie mich, kommt her, umarmt mich und gibt mir einen Kuss auf die Lippen. Dann macht sie einen Schritt zurück. „Toll siehst du aus. Ich bin schon gespannt, was du unter dem Kleid trägst."

„Soll ich es jetzt schon ausziehen?", grinse ich.

Maja lacht. „Wie du dich fühlst."

Ich sehe beide an und entscheide mich fürs Ausziehen. Raus aus den Schuhen, raus aus dem Kleid. Im Nu stehe ich nur mit

Dessous bekleidet vor den beiden Frauen. Ich schlüpfe wieder in die High Heels und gehe vor ihnen in Pose.

„Na, wie gefalle ich euch?"

„Zum Anbeißen!", haucht Maja.

„Ich will dich", zwinkert mir Claudia zu.

Maja nimmt mich an der Hand und wir betreten das Wohnzimmer. „Jetzt gibt's erst mal einen kleinen Begrüßungsdrink. Martini oder Wodka Orange? Oder doch lieber ein Glas Schampus?"

„Martini, bitte."

Ich erkenne das Wohnzimmer kaum wieder. Auch hier sorgen ausschließlich Kerzen für die Beleuchtung. Ein angenehmer, orientalisch anmutender Duft schwebt in der Luft. Ein oder zwei Möbelstücke scheinen zu fehlen. Im Eck, beim großen Fenster, ist eine kleine Bar aufgebaut. Dahinter steht die Lady aus dem Lokal. Als sie mich erkennt, winkt sie kurz, um sich dann gleich wieder einem Gast zuzuwenden. Sie nickt, greift zu zwei Flaschen, gießt jeweils etwas in einen Cocktailshaker, fügt Eis und noch einen Spritzer Limette hinzu und schließt den Shaker. Geübte Schwingungen, dann gießt sie den Cocktail in ein Glas.

Maja und ich stehen jetzt an der Bar.

„Hi", begrüße ich sie.

„Schön, dich wiederzusehen."

Ich starre sie kurz an und wende meinen Blick absichtlich schnell wieder ab, um nicht aufzufallen. Sie ist fast nackt. Ein Tattoo ist absoluter Blickfang. Vom linken Bein angefangen, schlängelt sich eine Riesenschlange nach oben, wickelt sich über den Venushügel zweimal um den gesamten Körper, um vor der rechten Brust mit offenem Maul mit der gespaltenen Zunge an der Brustwarze zu lecken.

Ein Gesamtkunstwerk, dass ich so noch nie gesehen habe. Dagegen wirkt das Tattoo auf ihrem Oberarm beinahe wie ein Tintenfleck.

Ihre Piercings schimmern im Kerzenlicht und verleihen der Barfrau eine gewisse Wildheit.

„Zwei Martini", Maja zeigt zwei Finger.

Innerlich grinse ich. Mir fällt sofort Anna ein. Sie würde garantiert sagen: „Wenn die Dame mal 80 Jahre alt ist, wird die Schlange von der Brust erschlagen".

Ich sehe wieder hin und denke nicht, dass es so sein wird. Sie hat kleine, feste Titten.

„Hier bitte", werde ich aus den Gedanken gerissen.

Wir stoßen an.

Es läutet. Ich höre die Türglocke nur sehr leise, Maja hingegen hat ein absolutes Gehör dafür. „Das müssten die letzten Gäste sein. Entschuldige mich bitte."

Sie huscht durch den Raum. Ich lehne an der Bar und sehe mich um.

„Ist schon toll hier", flüstert mir die Bardame zu. „Ich heiße übrigens Nicole, aber alle sagen Nikki zu mir."

„Kati."

„Die Königin fährt auf dich ab."

„Meinst du?"

„Ich kenne nicht viele Frauen, die es auf Anhieb von der Bar direkt hoch in ihre Wohnung geschafft haben."

„Wieso heißt sie eigentlich Königin?"

Nikki lacht. „Das kannst du dir aussuchen. Sie heißt Claudia König und sie ist die Königin der Nachtclub-Szene. Sie hat in jungen Jahren einen stinkreichen und um zig Jahre älteren Nachtclubbesitzer geheiratet. Er hat ihr alles vermacht und sie hat das Erbe zwischenzeitlich mehr als verdoppelt. Sie ist klug und eine eiskalte Geschäftsfrau. Allerdings hat sie auch ein Herz für Menschen, die sie mag und ein Herz für Tiere. Unter einem Pseudonym spendet sie hohe Summen an Tierheime und Tierrettungsstationen im Ausland, aber auch an die Tafel und Bedürftige. Sie ist eine tolle Frau, die nur von der Konkurrenz gefürchtet wird."

„Bist du Gast? Oder …?"

Nikki lacht. „Ich nehme das Oder. Ich bin in erster Linie für die Bar und die Bewirtung der Gäste verantwortlich. Der Job hier verdoppelt meinen Monatslohn. Und ab einer gewissen Uhrzeit darf ich mich", sie beugt sich über den schmalen Tresen der Bar, „ins Getümmel werfen, falls ich das mag."

„Nikki, zwei Wasser und ein kleines Pils, bitte."

Sie wendet sich dem Gast zu. „Sofort."

Ich lasse meinen Blick schweifen. Auf dem Sofa sitzen zwei Männer und eine Frau. Beide Typen sind sonnengebräunt und haben athletische Körper. Sie haben beide dunkle, kurze Haare, sind aber keine Südländer. Einer trägt einen kurz geschnittenen, gepflegten Vollbart, der leicht grau meliert erscheint. Er ist wohl der Ältere von ihnen und dürfte so in meinem Alter sein, der andere ist ungefähr Mitte 30. Sie haben hauteng Boxershorts an. Bei dem Bartlosen sehe ich eine enorme Wölbung in der Hose.

Zwischen den beiden sitzt eine etwas korpulente, gute Mitfünfzigerin. Sie steckt in einer schwarzen Leder-Corsage. Ihre üppigen Brüste werden von einer sehr stabilen Büstenhebe hochgehalten. Der mit dem Ständer leckt daran, während sie sich mit anderen unterhält und lacht. Wenn sie überhaupt ein Höschen trägt, ist es so winzig, dass ich es nicht sehe. Die Beine stecken in hochhakigen Lederstiefeln. Aus dem Schaft eines Stiefels sehe ich den Griff einer Reitgerte herausragen.

Sie ist absolut attraktiv und strahlt jede Menge Sexappeal aus. Sie ist eine Diva, eine Domina, die nachher sicherlich die beiden Kerle erzieht. Das ist zumindest mein Eindruck.

Mit einem guten Meter Abstand hat es sich eine Vierergruppe auf dem Teppichboden bequem gemacht. Ein älterer Herr, vom Typ her wie ein alternder, aber immer noch gut aussehender Hollywood-Star, steht im Mittelpunkt der Gruppe. Er scheint ein hervorragender Unterhalter zu sein. Die drei Mädels, zwei von ihnen keine 25 Jahre alt, eine so um die 30, hängen an seinen Lippen und lachen, lachen, lachen.

Eines der Mädels fängt meinen Blick auf. Sie ist mit einem weißen Kimono umhüllt, der so viel Einblick gewährt, dass man ihre prallen Brüste sieht.

Ich fühle mich ertappt. Sie zwinkert mir zu und hebt ihr Rotweinglas. Ich proste zurück.

Maja führt die neuen Gäste herein. Zwei Pärchen, die auch sehr sexy gekleidet sind. Eine trägt ein Kettenhalsband und wird von ihrem Begleiter geführt.

Plötzlich steht die Königin neben mir. „Ich werde dich den anderen nicht vorstellen. Manche hier schätzen eine gewisse Anonymität", sagt sie.

„Das ist in Ordnung", antworte ich. Es ist mir tatsächlich ganz recht. Auch ich genieße gerne diese Diskretion.

Die neuen Gäste kommen zur Bar und bestellen Drinks. Mir fällt auf, dass Maja nicht dabei ist. „Wo ist Maja?", frage ich Claudia.

„Sie ist sicherlich in die Küche gegangen. Wir haben dort ein kleines Buffet aufbauen lassen. Hast du Hunger? Den Weg zum Spielezimmer kennst du ja. Gegenüber findest du die Küche."

Ich bekomme einen Kuss auf den Mund und spüre kurz die Spitze von Claudias Zunge. Noch bevor ich meine Arme um sie schlinge, zieht sie sich zurück. „Später, Süße. Ich muss noch ein paar Gäste begrüßen." Sie gibt mir einen Klaps auf den Po und wendet sich der neu eingetroffenen Vierergruppe zu.

Ich bin überwältigt. Von allem. Ich hätte es wohl gerade jetzt und hier mit Claudia getrieben, wenn sie weiter gemacht hätte. Wow! Ich bin gespannt, was dieser Abend noch bringt. Das Gefühl der unbändigen Lust durchströmt mich. Ich spüre, wie sich meine Nippel aufstellen und meine Möse leicht feucht wird.

Ein Griff zum Glas. Ich leere den Martini in einem Zug. Eine Hand legt sich über meine Schulter. Es ist die junge Frau im Kimono. „Ich hätte noch gerne ein Gläschen Rotwein", spricht sie Nikki an. Dann dreht sie sich zu mir. „Hi, ich bin Angie."

„Kati."

„Hast du Lust, dich zu uns zu setzen? Wir haben richtig viel Spaß. Tommy ist ein genialer Typ. Nachher gehen wir zusammen ins Spielezimmer der Königin", zwinkert sie.

„Primitivo, richtig?", unterbricht Nikki.

„Ja."

„Kati, magst du auch noch etwas? Vielleicht einen Gin Tonic?"

Sie erinnert sich an meinen Drink in der Bar neulich.

„Ach ja, warum nicht. Und ein Glas Wasser dazu."

„Kommt sofort."

Angie hakt nach. „Na, was meinst du? Lust auf eine kleine Mädels-Überschuss-Party im großen Bett?"

„Ich ... äh ..."

Wieder funkt Nikki dazwischen. „Hier der Wein."

„Ich werde erst eine Kleinigkeit essen", antworte ich. Das geht mir doch etwas zu schnell. Zudem sind mir die beiden Mädels einen Hauch zu jung. Das „Nein"-Sagen muss ich noch gründlicher lernen. Angie scheint zufrieden zu sein, grinst frech, zwinkert und geht.

Nikki serviert meine Gläser. „Ein Gin-Tonic und ein Wasser."

„Besten Dank, Nikki."

Sie deutet mit den Augen zu Tommy und den Mädels. „Das sind regelrechte Schlampen. Die nehmen alles und jeden mit. Die beiden Jüngeren sind aus wohlhabenden Familien und lassen gerne mal die Sau raus, wenn du verstehst."

Ich höre gespannt zu.

„Die andere ist Tommys Frau. Sie ist bi und genießt alles, was daherkommt." Ihr Blick wandert zum Sofa. „Die beiden Typen, die sich mit der Domina vergnügen, sind auch bi. Eigentlich sind sie mehr schwul als bi und auch ein Paar. Sie stehen allerdings voll auf die Lady mit der Reitgerte und lassen sich gerne erziehen."

135

Ich sauge die Informationen auf. „Du bist echt klasse. Vielen Dank für die Infos."

Nikki grinst. „Das ist manchmal sehr hilfreich."

„Ich denke, ich gehe mal in die Küche und schau mir das Buffet an."

„Ich komme kurz mit. Ich brauche unbedingt noch einen Cappuccino."

Nikki geht voraus. Ich trinke das Glas Wasser aus, schnappe den Gin Tonic und folge ihr.

Die Küche ist ungefähr so groß wie meine eigene plus mein gesamtes Wohnzimmer. Die beinahe mittig stehende gewaltige Kochinsel ist als Buffet dekoriert. Verschiedene Schinken, Salamisorten und deftiger kalter Braten reihen sich neben diverse Käse- und Frischkäsesorten. Geräucherter Lachs, Aal und Makrele sind neben Salaten und angebratenem Gemüse aller Art platziert. Baguette, Bauernbrot und Brezen bilden den Abschluss. Dann folgt das Dessert-Buffet. Es gibt drei verschiedene Kuchensorten, drei verschiedene Donats, zudem Mousse. Hell und dunkel.

Die Kaffeemaschine bietet Cappuccino, Espresso, Kaffee Crema, Kaffee und natürlich auch Latte macchiato.

Nikki geht zielstrebig zum Kaffeeautomaten. „Magst du auch einen Cappu?"

Nachdem ich staunend das üppige Buffet begutachtet habe, sehe ich Maja an der Seite stehen. Sie sieht umwerfend schön aus. Das hautenge Kleid hebt ihre bombastische Figur hervor. Die blonden Haare sind hochgesteckt und ein paar Locken hängen frech und wild ins Gesicht. Gekonnt pustet Maja sie immer wieder mal zu Seite.

„Vielleicht einen Espresso", antworte ich."

„Lässt du mir auch einen durch, Nikki?", ruft Maja zu.

„Klar."

Es zischt. Das Mahlwerk rattert. Kurz darauf zieht der Geruch von frischem Kaffee in meine Nase.

Nikki hantiert herum und stellt die Tassen neben die Maschine. „Steht alles hier, ich muss wieder rüber."

Sie kommt an uns vorbei und streichelt mit einer Hand über meine frei liegenden Pobacken. „Bis später."

Kaum ist sie draußen, küsst mich Maja intensiv. Ich kann und will mich auch nicht wehren. Es ist ein unbeschreiblich schönes Gefühl.

Nach dem Kuss grinst sie. „Das musste sein. Ich habe dich und die anderen Gäste beobachtet. Außer mir und Claudia stehen mindestens Nikki, Angie und drei oder vier von den Männern auf dich."

Ich winke ab. „Frischfleisch, sonst nichts."

„Stelle deinen Hut nicht unter den Scheffel, Kati. Du strahlst etwas aus, dass anziehend wirkt. Du bist sexy! Akzeptiere es einfach."

„Vielen Dank."

Wir nippen gleichzeitig am Espresso. Ich bin völlig überrascht. Er kommt erstklassig rüber. Ich bin weder eine Expertin noch eine explizite Kaffee-Kennerin, doch ich stelle fest, dass dieser Espresso außergewöhnlich vollmundig schmeckt. Das Aroma breitet sich elegant auf der Zunge aus und die Röstaromen strömen beim Trinken noch einmal die Nase hoch. Eine runde, weiche Textur und eine extreme Balance an Geschmack breiten sich aus. Oder mit meinen Worten: Wow – klasse.

„Wenn der Sex heute nur halb so gut wird wie dieser Espresso, werde ich mehr als einen Orgasmus haben und wie auf Wolken nach Hause schweben", sage ich voller Begeisterung.

Maja grinst.

Ich wundere mich über meine Worte.

„Möchtest du etwas essen?", fragt sie. „Noch ist alles frisch und wer weiß, wann wir wieder Zeit haben."

Ich entscheide mich für etwas Serrano-Schinken, Tomate, einen Streifen Lachs und mediterran angebratenes Gemüse. Dazu zwei Scheibchen Baguette.

Majas Teller sieht ähnlich aus.

Gegenüber der Kochinsel ist ein Erker. Vorhänge verdecken den Blick zu Straße. Im Erker ist eine Bank eingebaut, die rundherum geht. Der runde Tisch hat ausreichend Platz für vier Personen, wenn man eng sitzt vielleicht sechs. Ein Stuhl steht am Kopfende. Maja deutet dorthin und wir setzen uns. Ich sitze auf der Bank, Maja auf dem Stuhl.

„Hast du schon an vielen solcher Partys teilgenommen?"

„Ein paar waren es schon. Die Gäste sind zu 80 % gleich. Man kennt sich. Alles sehr wohlhabende Leute. Gelegentlich lädt jemand einen neuen Gast ein."

„So wie ihr mich."

„Ja, genau."

„Frischfleisch", wiederhole ich mich zwinkernd und schiebe ein Stück Lachs in den Mund.

Die Unterhaltung ist locker und die Häppchen hervorragend. Alles Spitzenqualität. Als die Teller leer sind, sagt Maja: „Und nun der Nachtisch."

Mein Blick rauscht zum Dessert-Buffet. Kuchen oder Mousse, überlege ich.

Maja steht auf und gibt mir einen Kuss. Sie deutet durch sanften Druck an, dass ich mich hinlegen soll, dann schiebt sie meinen Oberkörper nach hinten. Ich liege auf der Bank. Ihre Hände wandern über meine Brüste nach unten, streicheln kurz über dem String, über meine Klitoris und schieben das kleine Stück Stoff zur Seite.

Ich zittere vor Erregung ganz leicht und spüre die Geilheit hochschießen wie lodernde Flammen, die sich durch trockenes Holz fressen.

Maja spreizt meine Beine, kniet sich dazwischen und leckt einmal von unten nach oben über meine Lustspalte. „Das ist der Nachtisch, den ich meine."

„Oh ja, geil."

Ich schließe die Augen. Majas Zunge ist der blanke Wahnsinn. In diesem Moment sind alle Männer, die mich bis dato geleckt haben, und damit meine ich auch das sexuelle Multi-Talent Peter, Waisenknaben.

Die Zunge der Blondine rast mal schnell und gleitet mal langsam über meine Muschi, durch die Spalte, um den Kitzler herum und in mich hinein. Ich tropfe bereits vor lauter Lust und Geilheit, kann mir das Stöhnen und mehrere: „Oh mein Gott!", Rufe nicht verkneifen.

Es ist der blanke Wahnsinn. Ich werde von einer Frau geleckt und es ist unbeschreiblich schön.

Maja saugt meinen Saft auf. Ich höre sie schmatzen. Jemand betritt die Küche. Es ist mir egal.

„Oh la la, ihr zwei geilen Bräute."

Es ist Claudia. Ich erschrecke kurz, Maja macht unbeirrt weiter. Die Königin kommt zu uns. Mit zwei Handbewegungen fällt ihr Kimono nach unten. Sie schiebt den Stuhl zur Seite und setzt sich darauf. Ein Bein streckt sie aus. Es kommt hinter Maja zum Liegen. Das andere legt sie über die Armlehne des Stuhls. Ihre Finger schieben den Slip zur Seite. Ich sehe ihre weibliche Pracht. Glatt rasiert. Die Finger schieben sich darüber und sie beginnt am Venushügel zu reiben. Die Schamlippen bewegen sich dabei leicht hin und her.

„Das machst du wunderbar Maja. Leck weiter", gibt sie vor und Maja lässt die Zunge über meine Perle tanzen.

Claudia stöhnt. „Ich bin schon ziemlich nass. Komm her und leck mich auch ein wenig."

Maja hebt den Kopf, schwenkt ihn zur Seite, beugt sich vor und vergräbt ihn in Claudias Schoß. Diese gibt mir noch ein Handzeichen.

Ich bin immer noch leicht benommen von dem gewaltigen Oralsex, den ich genossen habe. Wäre die Königin nicht in die Küche gekommen, hätte es bald raketenartig geknallt und ich wäre explodiert. Von dem her betrachtet war der Moment genau richtig. Der Weg zum Orgasmus ist beinahe schöner als der Orgasmus selbst. Die ständig steigende Lust und Geilheit, die dich zu allem treibt, das ist genau das, das versauten Sex ausmacht.

Ich erhebe mich und suche die Nähe zu Claudia. Neben ihr stehend, bücke ich mich und küsse sie. Schiebe ihr meine Zunge in den Mund, lasse sie kreisen, ziehe sie heraus, lecke über die Wange bis zum Ohr und knabbere leicht am Ohrläppchen, dann geht's den gleichen Weg zurück.

Sie stöhnt, schiebt eine Hand zwischen meine Schenkel und findet sofort den Weg zu meiner klitschnassen Grotte. Ihre Finger wissen, wohin sie müssen und ich stöhne. Sie massiert von innen und legt den Daumen auf die Perle. Als auch dieser im Rhythmus mitmischt, komme ich vor lauter Geilheit fast um. Ich war noch nie so triefend nass wie heute. Ich spüre die Welle der Erleichterung heranrasen, verkrampfe kurz, lasse wieder los, um abermals zu verkrampfen. Schub für Schub erfasst mich der Orgasmus. Er ist mehr als gewaltig, es ist atemberaubend. Ich glaube, ich habe zum ersten Mal in meinem Leben gesquirtet.

Ich küsse Claudia, die immer schneller atmet. Ich umfasse ihre Brüste. Mein Kopf wandert zu den Nippeln und ich sauge an ihnen. „Du hast so geile Titten!"

„Ja ... ja ..."

Majas Kopf tanzt immer wilder. Er fährt hoch und runter, hin und her.

„Ja ... ja ..."

Ich sauge an den Nippeln, nehme sie schließlich zwischen Daumen und Zeigefinger und drücke sie ein paarmal etwas fester zusammen. Ich möchte einen Hauch von Schmerz auslösen und erreiche mein Ziel.

„Das ist sooo geiiil! Ja ... jaaaaa ..."

Claudia kommt, zittert, stöhnt und lehnt sich für einen Moment der Entspannung zurück.

Maja steht auf und zieht ihr Kleid hoch. „Bin jetzt ich an der Reihe?", fragt sie und legt sich auf den Tisch. Ich sehe ihre Muschi. Ihre Schamlippen sind lang.

Sie laden direkt zum Spielen und Saugen ein, denke ich.

„Leck sie. Tu es!", haucht mir Claudia zu.

Es klingt zwar bestimmend, aber weniger als ein Befehl, sondern mehr als eine Art Hilfe, ein letzter Tipp, eine Aufforderung, den Nachtisch zu essen.

Ich gehe runter und gebe ihr einen Kuss auf den Venushügel. Sie stöhnt. Das spornt mich an. Ich schließe die Augen, strecke die Zunge raus und fahre langsam an der Muschi entlang. Sie ist nass und öffnet sich leicht, als ob sie der Zunge Einlass gewähren möchte. Ich nehme die Einladung an, schiebe die Zunge so weit wie möglich raus und dringe in Maja ein. Ich schmecke sie und fahre nach oben, über den Kitzler. Meine Lippen umschließen ihn und ich sauge daran, dann rutsche ich mit ihnen runter, umschließe eine der großen Schamlippen und sauge jetzt an ihnen.

Heftiges Stöhnen.

Ich beginne intensiv zu lecken und stelle mir vor, was mir selbst Spaß machen würde. Ich probiere alles aus, spüre, wie Majas Körper bebt. Ich bin heiß und gerate in Fahrt. Mit Zeige- und Mittelfinger dringe ich gleichzeitig in sie ein. Es flutscht herrlich. Ich stoße ein paarmal zu. Sanft und immer schneller werdend. Entsprechend stöhnt sie laut. Dann finde ich den G-Punkt und massiere ihn. Zeitgleich lasse ich meine Zunge über den Kitzler gleiten. Immer schneller und wilder.

Maja kommt zum Orgasmus. Ihr ganzer Körper verkrampft, bäumt sich auf und erschlafft schließlich. Claudia ist aufgestanden und umarmt mich von hinten. Maja lächelt mich an.

„Das war eine absolut geile Premiere. Du hast es echt drauf, Kati. Ich …", sie sieht Maja an, „… nein, wir möchten mehr von dir."

Ich bin sprachlos und überwältigt. „Das war einfach …"

„Lass es wirken", unterbricht die Königin, als ich nach den richtigen Worten suche.

„Gehen wir uns frisch machen, Mädels. Der Abend ist noch jung und wir haben geile Gäste."

Sie bückt sich nach ihrem Kimono, ich ziehe den String zurecht und Maja schiebt das Kleid wieder nach unten. Immer wieder huschen ihre Blicke zu mir. Ein Zwinkern folgt.

Ich lächle ihr zu.

Wir stellen die Teller in die Spülmaschine und gehen zurück ins Wohnzimmer.

Ich habe meine erste lesbische Erfahrung gesammelt und bin immer noch *geflasht*.

Was dieser Abend noch alles bringen wird?

8

Ich stehe entspannt an der Bar. Nach einem Glas Wasser bestelle ich bei Nikki ein Glas Prosecco. Sie holt eine Flasche aus dem Kühlschrank, stellt zwei Gläser hin und schenkt ein. Eines voll, eines befüllt sie nur zu Hälfte. Das volle Glas serviert sie mir und hebt das andere hoch.

„Zum Wohl."

„Prost", erwidere ich und wir stoßen an.

Der Schluck ist kühl, prickelnd und wohltuend. Ich weiß nicht, ob es stimmt, dass ein Gläschen Sekt den Kreislauf anregt. Mein Kreislauf kommt jedenfalls perfekt in Schwung.

„Wenn du mal Lust hast, mich in meiner kleinen Wohnung zu besuchen, könnte ich dir meine Muschi vorstellen", flüstert mir Nikki zu. Sie ist um den kleinen Tresen herum gegangen und steht neben mir. Nikki legt eine ihrer Hände auf meinen Po und streichelt sanft darüber. Dann fährt sie frech zwischen meine Schenkel. Einer ihrer Finger findet die Lustritze, streift sanft darüber und drückt sich etwas hinein.

„Mhm, noch immer schön feucht", haucht sie in mein Ohr, zieht die Hand zurück und steckt sich den Finger in den Mund. „Du bist schon wirklich ein geiles Luder", schiebt sie nach und steckt den abgelutschten Finger nun in meinen Mund.

Ich lutsche daran. Das Spielchen heizt mich schon wieder auf. „Wenn deine Zunge genauso kess ist wie deine Finger, könnte sich der Besuch lohnen", antworte ich und fasse an Nikkis Brust. Sie fühlt sich genauso fest an wie sie aussieht. Die Nippel sind hart.

„Kannst du uns noch einmal eine Flasche von dem Primitivo geben?", kommt es von hinten. Es ist Angie. „Sorry, ich wollte nicht stören."

„Primitivo? Kommt sofort", entgegnet Nikki. Sie sieht mich an und meint: „Amüsiere dich gut. Ich habe zu tun."

Ein weiterer Gast kommt zur Bar und ordert einen Cocktail.

Ich nehme mein Glas und nippe daran. Ich bin heiß, ich genieße den Abend und fühle mich so versaut wie noch nie in meinem Leben.

Mein Blick kreist und ich bleibe bei dem Dreier-Pärchen auf dem Sofa hängen. Die Domina hält die Gerte in der Hand. Allen Anschein nach hat sie einem der beiden Athleten auf den Po gehauen. Der Striemen ist gut sichtbar. Beide Männer sind nackt, beide haben einen Ständer.

„Aua", stöhnt der Geschlagene. Ein roter Fleck zeugt von der Wucht des Hiebes.

„Finger weg von deinem Schwanz. Der gehört mir! Verstanden?", fragt sie in strengem Ton.

„Ja, Herrin", kommt es kleinlaut.

Für mich eine fremde Welt. Auch wenn es nicht mein Stil von Sex ist, beobachte ich neugierig weiter.

Die Lady setzt sich auf die Lehne des Sofas und stellt ein Bein hoch. Ihre blank rasierte, fleischige Möse kommt zum Vorschein. „Leck mich!", befiehlt sie und klatscht erneut mit der Gerte auf den Po des Typen. Mit der anderen Hand zieht sie ihre Schamlippen auseinander. „Schön lecken. Ja, schieb mir die Zunge rein."

Der Bartlose kniet vor ihr und vergräbt seinen Kopf zwischen den üppigen Schenkeln.

Sie deutet mit der Gerte auf den Bartträger und winkt. „Komm her, ich möchte an deinem Schwanz lutschen."

„Ja, Herrin."

Er stellt sich neben sie und präsentiert ihr den steifen Schwanz. Sie nimmt ihn sofort in den Mund und bewegt ihren Kopf vor und zurück. Er greift nach ihrem Kopf, um ihn zu bewegen. In diesem Moment zieht sie den Kopf zurück und klatscht mit der Gerte gegen seine Hoden.

Er zuckt nicht nur zusammen, sondern geht vor Schmerzen kurz in die Beuge.

„Lass die Hände weg!"

„Verzeihung, Herrin", kommt es gequält.

„Zur Strafe wirst du mich ficken, ohne abzuspritzen, hast du verstanden?"

Er nickt. Die Domina steht auf und befiehlt dem Leck-Sklaven, sich hinzulegen. Sie kniet sich wie bei der 69-Stellung über ihn und nimmt dessen Schwanz in den Mund. Der Bartlose beginnt wieder zu lecken, während der Bärtige sich hinter die Domina kniet. Er zieht ihre Pobacken auseinander, leckt einmal von oben bis unten durch die Ritze, gibt dem Bartlosen einen Zungenkuss und schiebt dann seinen Ständer in die Muschi der Domina.

Sie stöhnt. Körper klatschen gegeneinander. Ihre Titten springen aus dem Lederkorsett und schwingen über den straffen Bauch des Liegenden.

Ich kann meinen Blick nicht abwenden, bin gespannt, was als nächstes passiert.

Maja kommt herein und stellt sich neben mich. Sie duftet frisch geduscht und folgt meinem Blick.

„Die drei genießen jedes Mal die Vorstellung. Der mit dem Bart ist ein hohes Tier bei einem Autohersteller, der andere sein Mann. Sie sind schon sehr lange zusammen. Die Domina ist die Ehefrau eines Managers. Ihr Mann ist allerdings weitaus älter als sie. Sie kommt stets allein."

„Jaa … los … ich spritze gleich ab! Zieh deinen Schwanz raus", plärrt sie.

Der Ficker kommt dem Befehl nach. Im selben Moment squirtet sie. Ein beachtlicher Strahl des besonderen Saftes schießt dem Leck-Diener ins Gesicht. Er scheint es zu genießen. Die Domina erhebt sich nach einer Weile. Sie sieht befriedigt aus. Die Gerte klatscht wieder nach unten und dort direkt auf den Penis des Bartlosen. Er zuckt zusammen.

„Blast euch bis zum Erguss!"

Sofort nehmen beide Männer die 69 ein. Ich sehe so etwas zum ersten Mal. Zwei Männer, die sich gegenseitig einen blasen.

„Los! Schneller! Wichst die Schwänze dabei. Ich will sehen, dass ihr kommt. Und wehe, es geht auch nur ein Tropfen verloren! Aber ich verlange Beweise. Ich möchte das Sperma sehen. Ihr leckt es dann brav auf."

Beide reiben am Schwanz des anderen, beide lutschen, lecken und saugen. Stöhnen. Die Becken ziehen sich zusammen, die Hodensäcke werden straff. Beinahe zeitgleich schießen sie ihre Ladungen ab. Der Saft rinnt aus den Mündern am Schaft der Schwänze entlang. Die Männer werfen ihrer Herrin Blicke zu. Sie nickt wohlwollend. Sie lecken brav alles auf. Die Domina scheint zufrieden zu sein.

Ich wende meinen Blick ab.

Maja lacht. „Hier darfst du nach Herzenslust zuschauen. Einen Teil des Reizes macht es aus, gesehen zu werden."

„Ich weiß nicht recht. Selbst bin ich wohl schon eher voyeuristisch, statt exhibitionistisch veranlagt."

„Sehen und gesehen werden! Die Mischung macht es aus. Lass dich einfach treiben."

Maja gibt mir einen Kuss auf die Wange. „Im Spielzimmer haben wir noch eine ganz andere Überraschung."

Sie geht.

Mein Blick streift weiter und trifft auf Angie, ihre Freundinnen und diesen Tommy. Er liegt auf dem Boden und eine der jungen Mädels reitet auf seinem Schwanz, während die andere über seinem Gesicht kniet und sich lecken lässt. Beide Mädels küssen sich. Angie und Tommys Frau sitzen daneben und knutschen wild. Ihre Hände rasen über die Körper, sie streicheln Brüste, massieren Kitzler und suchen den Weg zurück.

Die Domina und ihre beiden Athleten kommen an die Bar. Ich gehe einen Schritt zur Seite, um ihnen Platz zu machen. Sie sieht mich lächelnd an.

„Na, hat dir die kleine Vorstellung gefallen?"

„Ich äh …"

Sie winkt ab. „Du musst nicht antworten. Ich habe gesehen, wie du unser Spiel verfolgt hast. Wenn du neu in der BDSM-

Szene bist, kommt dir alles verrückt und fremd vor. Wenn du erst einmal hineingeschnuppert hast, wird es dir sicher gefallen."

„Ich glaube nicht", antworte ich.

Sie lacht. „Ich habe als Sklavin begonnen. Wenn du meine Sklavin sein möchtest, dann bringe ich dir gerne das eine oder andere Spielchen bei."

Jetzt lache ich. „Oh nein, vielen Dank, aber ich denke, das ist wirklich nichts für mich."

„Du wirst es lieben. Weißt du, ein dominanter Mann ist wie ein Sturm, eine devote Frau wie hohes Gras, das sich dem Sturm beugt, um sich danach mit Stolz zu erheben. Dominanz heißt nicht, jemanden auf die Knie zu zwingen, sondern in deinem Gegenüber das Verlangen zu wecken, vor dir auf die Knie gehen zu wollen! Für devote Menschen ist Unterwerfung ein Geschenk, geboren aus Stärke, genährt durch Vertrauen, erhalten durch Respekt und Achtung."

Ich bin richtig baff. „Wow, so hat mir das noch nie jemand erklärt. Aber Schmerzen, zumindest das, was ich gesehen habe, sind nichts für mich."

Gütige Gesichtszüge. „Es beginnt mit zartem Schmerz. Ein Wachs-Spielchen, ein Klaps auf den Po, ein Kniff in die Brustwarze."

Ich bin erstaunt, winke aber ab. „Wirklich sehr lieb von dir."

„Uschi", stellt sie sich vor.

„Kati."

Einer der Athleten reicht Uschi ein Glas Campari-Orange. Sie nimmt es und hebt es hoch: „Auf die Liebe, auf den Sex, auf die Freiheit, so leben zu dürfen."

„Prost."

Uschi schwingt die Gerte. „Sklaven, wir trinken aus, dann gehen wir duschen. Und ihr beide wisst, wie meine Dusche aussieht."

Sie gehen wieder zum Sofa und setzen sich.

„Krasse Lady", meint Nikki.

„Hui, das stimmt. Diese Uschi hat eine Ausstrahlung, da traut man sich wirklich nicht zu widersprechen. Sie ist die geborene Domina."

„Und das heute war harmlos", versichert Nikki.

Mir fallen Majas Worte mit der Überraschung ein. „Weißt du etwas von einer Überraschung im Spielzimmer?"

Täusche ich mich oder sehe ich ein Glitzern in Nikkis Augen? Sie stellt zwei gespülte Gläser ab und beugt sich vor.

„Heute ist wieder einmal der Doktor im Haus."

„Ein Arzt?"

Nikki lacht. „So etwas in der Art. Ich kann ihn dir nur empfehlen. Geh hin und lass dich überraschen."

Da ich von Natur aus neugierig bin, beschließe ich, ins Spielzimmer zu gehen. Vorher möchte ich mich allerdings frisch machen und gehe ins Badezimmer. Claudia kommt gerade raus. Sie ist in Begleitung eines gut aussehenden Paares. Alle drei sind splitternackt und sehen aus, als hätten sie es gerade getrieben.

Der Mann sieht mich an und meint: „Schade, dass du erst jetzt kommst. Du hättest mitspielen können."

Claudia legt eine Hand auf meine Schulter. „Das ist Kati. Ich bin sicher, sie ist nicht das letzte Mal hier."

„Wer weiß", grinse ich frech und verschwinde im Bad.

9

Ich schließe die Tür, sperre ab und lehne mich an. Zeitgleich schnaufe ich kräftig durch.

Wow, was für eine Party, was für ein Erlebnis. Kati, in dir steckt eine kleine, geile Schlampe, stelle mit einem Lächeln fest.

Ich kann nicht glauben, was mit mir passiert, was ich tue und wie ich herumlaufe. Noch vor einem Jahr, quatsch, noch vor wenigen Wochen, hätte ich jeden für dumm verkauft, der mir solch eine Entwicklung prophezeit hätte. Und jetzt bin ich hier, in einer Luxus-Altbau-Wohnung und nehme an einer Sex-Party teil.

Kati, willkommen im Leben, grinse ich, gehe aufs Klo und springe anschließend kurz unter die Dusche.

Claudia hat einen Stapel Handtücher und diverse Cremes und Bodylotions für die Gäste bereitgestellt.

Das Badetuch ist extrem weich und kuschelig. Man merkt tatsächlich bei teurer Markenqualität den Unterschied zu den preiswerten Angeboten.

Ich öffne das Fenster und atme die hereinströmende frische Luft ein. Draußen regnet es. Ich finde unter den Bodylotions eine von *Rituals* und benutze sie. Danach schließe ich das Fenster, ziehe wieder meine Dessous an und gehe raus.

Ich bin nach wie vor geil, heiß, neugierig. Mein Weg führt mich schnurstracks zum Spielezimmer. Die Tür ist nur angelehnt. Ich höre das sanfte Stöhnen von Maja und ein: „Danke, Herr Doktor, Ihre Behandlung war sehr, sehr schön."

Während ich überlege, ob ich ins Zimmer oder doch lieber wieder an die Bar zu Nikki gehen soll, huscht Maja durch die angelehnte Tür. Sie sieht extrem erholt aus. Nun, befriedigt ist wohl die treffendere Bezeichnung. Sie sieht mich an und sagt: „Du hast Glück, Schätzchen, der Doktor hat gerade noch einen Termin frei. Genieße ihn."

Sie bugsiert mich sanft ins Zimmer und schließt hinter mir die Tür.

Etwas belämmert starre ich auf einen älteren Herrn, sicherlich schon um die 70, wenn nicht noch älter. Schlank, sportlich, sympathisch. Er ist komplett weiß gekleidet und trägt darüber einen Arztkittel. Die silberne Nickelbrille passt zur Kopfform und Frisur. Er steht neben der Liege, die einem Gynäkologenstuhl ähnelt und mir schon bei meinem ersten Besuch aufgefallen war.

„Sie haben einen Termin, gnädige Frau?", fragt er in einem herrlichen Wiener Dialekt.

„Ich? Äh ... ja", antworte ich anfangs etwas nervös, dann sehr selbstsicher. „Ja ich habe einen Termin."

„Sehr schön, dann treten Sie näher und machen sich untenherum bitte frei." Er tritt etwas zur Seite und deutet auf die Liege. „Ich bitte dann Platz zu nehmen, damit ich meine Untersuchung beginnen kann."

Mir ist etwas mulmig zumute, aber ich erinnere mich daran, wie entspannt Maja das Zimmer verlassen hat. Also schlüpfe ich aus dem String, setze mich hin und stelle die Füße auf die Vorrichtung.

„Bitte hinlegen", kam eine Anweisung, die ich sofort befolge.

Sanfte Entspannungsmusik läuft im Hintergrund.

„Haben Sie irgendwelche Beschwerden? Zum Beispiel beim Wasserlassen?"

„Nein", antworte ich.

„Sie müssen jetzt auch nicht *lulu* machen?"

Etwas verwirrt antworte ich: „Nein, ich war erst auf der Toilette."

Möchte er Wasserspiele mit mir betreiben? Steht er auf Golden Shower? Es ekelt mich ein wenig bei diesen Gedanken.

Seine Stimme ist klar, der Ton tatsächlich wie beim Frauenarzt. „Hervorragend, dann kann ich ja mit der Untersuchung beginnen."

Ich bin etwas beruhigt. „Gerne, Herr Doktor."

Der vermeintliche Arzt tropft ein sehr angenehm riechendes Öl auf meinen Venushügel. Dann legt er seine Hände darauf und beginnt mit einer sanften Massage. Er berührt dabei weder die Klitoris noch gleiten seine Finger in den Schambereich. Die Massagezone zieht sich über den Bauch bis zum Brustansatz, dann runter bis zum Venushügel und setzt sich seitlich an den Oberschenkeln fort.

Meine leichte Irritation, dass er dabei zwischen meinen gespreizten Beinen steht, verfliegt binnen der ersten Massageminute. Hätte er seinen Schwanz herausgeholt, um mich zu vögeln, hätte ich ein Veto eingelegt. So aber ist es herrlich entspannend.

Ich lausche der Musik und fühle kräftige und doch sanfte Hände über mich gleiten. Eine wohlige Wärme breitet sich auf meiner Haut aus.

Jetzt wechselt er an die Innenseiten der Schenkel und streichelt auch die Vagina, die Schamlippen und immer wieder die Perle. Es ist so anders als alle Berührungen, die ich kenne. Er touchiert intime Stellen beinahe unabsichtlich, reizt sie kurz und lässt sofort wieder ab. Die Abstände werden kürzer und ich spüre, wie ich schon wieder nass werde.

Der Doktor beginnt nun damit, meine Schamlippen zu massieren. Erst links, dann rechts, dann wieder links. Auch von innen und außen. Ich werde schier verrückt. Ich habe das Gefühl vor Geilheit auszufließen.

„Hatten Sie in letzter Zeit Analverkehr?", fragt er auf einmal und reißt mich aus den Gedanken.

„Äh … nein."

„Haben Sie gelegentlich Analverkehr?"

„Nein."

„Hatten Sie schon einmal Analverkehr?"

Ich weiß nicht, was diese Fragerei soll, aber ich spiele das Spiel mit und antworte ehrlich. „Ich habe es einmal versucht, aber das ist lange her und es war … hm … eher etwas schmerzhaft. Neulich hatte ich aber ein angenehmes anales Erlebnis. Das war Zungenanal und mir wurde ein Finger eingeführt."

Kaum habe ich es ausgesprochen, spüre ich, dass die Massage an den Pobacken, in der Poritze und um das Poloch herum weitergeht. Es fühlt sich himmlisch schön an. Dieser „Doktor" versteht sein Handwerk.

Er massiert den Anus etwas länger, dreht sich um, murmelt: „Ah, da ist er ja", und greift nach hinten.

Ich hebe kurz den Kopf und erkenne einen Plug. Hui, denke ich und lasse ihn weitermachen, ohne etwas zu sagen.

„Sie sagen es … ich meine, sollte die Größe zum dominant sein", nuschelt er mir zu und führt den Plug sanft ein.

Es fühlt sich extrem geil an, vor allem, weil er mit der Massage meiner Schamlippen und der Klitoris weitermacht.

„Ohh … ahhh", stöhne ich vor lauter Lust und angenehmen Gefühlen.

„Ich muss mir das mal genauer ansehen", sagt er, schiebt sich einen kleinen Hocker zurecht und setzt sich vor mich hin. Ich spüre einen Finger in die Vagina eindringen. Er landet genau am G-Punkt und massiert ihn. Zeitgleich spielt der Doktor ein wenig mit dem Plug, der in meinem Hintern steckt.

„Uuuhhh ...", stoße ich aus.

„Sie sagen bescheid, wenn es unangenehm wird."

Ich nicke und stöhne. Von unangenehm bin ich meilenweit entfernt. Er reibt mich immer weiter in die Höhe, dem Endpunkt entgegen. Ich möchte nicht so schnell kommen, sondern den Moment noch weiter genießen. Als er den Finger aus meiner Muschi zieht, bin ich halb froh, dass das Spiel bislang nicht im Höhepunkt endet und halb traurig, weil das ultrageile Gefühl der G-Punkt-Massage aufhört.

Ich höre den leisen Sound eines Womanizers.

„Oh mein Gott", stoße ich aus, als er exakt an der richtigen Stelle angesetzt wird.

Zeitgleich führt der Doktor wieder einen Finger ein, findet den empfindlichen Punkt und massiert. Ich drehe durch, stöhne, zittere, fühle die Wellen heranrauschen. In meinem Becken pulsiert es. Meine Muskeln ziehen sich zusammen und lösen sich.

„Jetzt ... jetzt ... jaaaaa"

Ich erlebe einen Hammerorgasmus. Welle für Welle rast durch meinen Körper. Ich zittere und bebe, ich krümme meinen Körper und lege mich wieder flach hin. Mir laufen sogar Glückstränen aus den Augen. Ich habe so etwas Intensives noch nie erlebt.

Er lässt mir zwei, drei Minuten zur Erholung.

„Ich muss das Teil wieder entfernen, außer Sie möchten es den Abend über eingeführt lassen."

„Bitte entfernen", hauche ich aus.

„So, gnädige Frau. Das war es. Ich hoffe, Sie waren mit der Behandlung zufrieden. Beim nächsten Mal gehen wir eine Stufe weiter. Wenn Sie fleißig üben, sollte das mit dem Analverkehr in Bälde kein Problem mehr darstellen."

„Danke."

„Sie dürfen den nächsten Patienten hereinbitten."

Ich stehe auf und gehe nicht weniger befriedigt aussehend aus dem Raum als zuvor Maja.

Vor der Tür steht Angie. Sie sieht mich an. „Und?", fragt sie.

„Lass dich überraschen."

Im Wohnzimmer vögelt Tommy entweder immer noch oder schon wieder. Dieses Mal reitet seine Frau auf ihm herum, steht aber gerade auf, als ich den Raum betrete. Ich sehe den durch Muschi-Saft glänzenden Prachtschwanz nur ganz kurz. Kaum ist Tommys Frau aufgestanden, verschwindet er im Mund einer der jungen Ladys. Sie schiebt ihn tief in den Hals, hustet und extrem viel Speichel läuft am Schaft entlang.

Ich denke mir, dass das kurz vom Übergeben war und gehe zielstrebig zur Bar. Nikki grinst.

„Und? Wurdest du behandelt?"

„Ich bin hin und weg."

„Der Kerl ist einfach gigantisch. Er hat den Dreh raus und weiß genau, wohin er fassen und welche Knöpfe er drücken muss, um dich zur Weißglut zu bringen."

Nikki deutet auf die Flaschen-Parade hinter ihr. „Möchtest du etwas trinken?"

„Gerne, aber alkoholfrei bitte. Etwas Leckeres und bitte kalt."

Die Barfrau ist in ihrem Element. Sie greift in den Kühlschrank und holt ein paar Himbeeren heraus, die in ein Glas wandern. Dort werden sie so leicht zerdrückt, dass der Saft herausfließt. Als nächstes wirft sie gekonnt ein paar Rosmarinstängel hinzu, schüttet gleiche Teile Himbeersaft und Zitronensaft darüber, wirft drei Eiswürfel hinein und füllt alles mit Mineralwasser auf. „Das ist ein alkoholfreier *Raspberry Punch*. Schmeckt einfach nur geil!"

Ich nippe und staune. „Klasse! Fruchtig, frisch, cool. Du verstehst dein Handwerk."

Das ehrliche Kompliment kommt an. Nikki freut sich. Sie zieht einen Kugelschreiber aus einer Schublade und krizelt ihre Handynummer auf eine Servierte. „Ruf mich an, wann immer dir danach ist."

Die Bar füllt sich und Nikki hat gut zu tun. Ich genieße den Flair der Party, unterhalte mich immer wieder mal und spüre langsam Müdigkeit einkehren. Nach dem gigantischen Orgasmus beim Doktor habe ich in dieser Nacht tatsächlich kein Bedürfnis mehr nach Sex. Gegen vier Uhr morgens verabschiede ich mich. Gemeinsam mit mir verlassen zwei der jungen Damen die Party. Beide sind leicht angetrunken und bestens gelaunt. Wir lachen viel, während wir auf ein Taxi warten.

Zu Hause falle ich todmüde ins Bett. Ich habe meine erste Sex-Party besucht und es war geil.

10

Die nächsten beiden Wochen vergehen wie im Flug. Im Büro ist jede Menge zu tun. Wenn ich es morgens betrete, bin ich verblüfft, wie schnell schon wieder Feierabend ist.

Bei Jutta scheint auch alles in Ordnung zu sein. „Stell dir vor, Jochen soll in der Hauptzentrale die Leitung des Kreditwesens übernehmen. Er meinte zu mir, dass es dann vorbei wäre mit Überstunden und so weiter. Er wird jeden Abend pünktlich zu Hause sein."

„Warum glaubst du das?", hake ich nach.

Ich fange einen komischen Blick. „Er hat es mir gesagt." Jutta kommt ganz nah zu mir und flüstert. „Ich glaube, diese anstehende Beförderung bekommt ihn richtig gut. Weißt du, unser …", sie blickt sich um, ob jemand mithören kann, „… Sexualleben war etwas eingeschlafen. Seit dem Urlaub knallt es aber so richtig. Das meine ich absolut positiv."

„Oh", sage ich ganz kurz.

Jutta zwinkert.

Ich hebe die Hand. „To much information, aber für dich freut es mich."

Jutta lächelt.

Kopfkino aus, denke ich und auch, dass Jochen nun seinen Saft zu Hause abladen muss, damit er ihm nicht aus den Ohren spritzt. Ich grinse.

Jutta fasst das Grinsen als Kompliment auf. „Du findest auch, dass mich die neue Frisur jünger aussehen lässt? Oder? Du hast neulich so etwas gesagt."

Ich nicke. „Jep. Du siehst einfach super aus!"

„Ich fühle mich auch so. Morgen bringe ich übrigens Kuchen mit."

Toll. Im Büro läuft es. Auch meine routinemäßigen Arztbesuche sind bestens verlaufen.

„Topwerte. Kerngesund. Wir sehen uns in zwei Jahren wieder", höre ich meine Hausärztin durchs Telefon.

„Prima."

Ich bin mega gut gelaunt und auf dem Portal *Date-your-fuck.de* amüsiere ich mich ebenso prächtig.

Beim letzten Mädels-Abend mit Anna sind wir nicht ausgegangen, sondern haben uns den Spaß erlaubt, ein Fake-Profil zu erstellen. Nach zwei Glas Wein haben wir meine Titten und ihren Po fotografiert und die Bilder auf dem neuen Fake-Profil eingestellt. Der Text war kurz und bündig. „Vernachlässigte Ehefrau möchte vögeln. Keine finanziellen Interessen. Ich möchte Schwänze spüren. Wer ist besuchbar oder spendiert für einen geilen Fick ein Hotelzimmer?"

Wir haben Wetten abgeschlossen, wie viele Zuschriften wir binnen 15, 30 und 60 Minuten erhalten.

Unsere kühnsten Erwartungen wurden weit übertroffen. Sogar Männer mit mehr als zweihundert Kilometern Entfernung kontaktierten uns.

Bei den Antworten haben wir so viel gelacht wie lange nicht mehr. Wir traten mal unterwürfig auf, mal komplett versaut, mal als völlig überdrehte Besser-Wisser-Tussi und mal als tonangebende Domina. Und wir hätten trotz allem am Tag zehnmal vögeln können. Ein wenig enttäuscht und für einen Moment betroffen war ich, als auch von Peter eine Nachricht kam.

„So tief kann seine Trauer nicht sein", tröstete mich Anna. „Ich denke, du hast alles richtig gemacht."

Unser Fake-Profil haben wir am Ende des Abends wieder gelöscht.

Eine Woche später sitzen Anna und ich bei Jackson auf der kleinen Terrasse. Es ist Samstagabend und wir genießen den wohl allerletzten Aufschwung eines Hochdruckgebiets, bevor der Herbst endgültig Einzug hält. Die Blätter in den Bäumen beginnen sich zu verfärben und verwandeln den kleinen Park in ein grün-rot-braunes Farbenmeer.

„Ich liebe diese Jahreszeit", sage ich. „Wir müssen unbedingt mal im Herbst nach Neuengland fliegen. Einmal im Leben den *Indian Summer* miterleben."

Anna stimmt mir zu und seufzt. „Mit dem nächsten Sturm wird's vorbei sein. Dann sind die Bäume für ein paar Monate wieder kahl."

Ich werde augenblicklich an jene kalten Herbsttage erinnert, in denen ich beschlossen hatte, mir eine Affäre zu suchen. Ich fühle mich plötzlich allein und einsam.

Anna spürt es. „Na, Kati, wieder mal ein paar dunkle Wolken über dem Herz?"

Ihr kann ich nichts vormachen. Sie kennt mich seit unserer Kindheit. „Wenn ich an die kalten Tage denke ..."

„Hey, du bist jetzt eine andere Frau. Du lebst und du strahlst so viel Sonnenschein aus, dass sogar mir warm wird. Dein Sexualleben pulsiert richtig. Du bist auf dem Markt und hast freie Auswahl."

Ich ringe mir ein Lächeln ab. „Ja, das stimmt. Ich habe endlich die sexuelle Explosion erlebt und bin noch einmal so richtig durchgestartet. Aber dennoch liege ich nachts allein im Bett. Es fehlt mir dauerhafte Wärme und Geborgenheit."

„Aha!"

Ich sehe meine beste Freundin an und verstehe ihre Reaktion nicht. „Aha", äffe ich sie nach. „Sag mal, was ist in deinem Drink, dass du heute so doof bist? Oder langweile ich dich?"

Sie ist ruhig, antwortet nicht, blickt auf ihre Armbanduhr.

„Musst du nach Hause? Mein Gott, Anna. Hast du ein Problem?"

Jetzt lacht sie laut los. „Sorry meine Süße. Ich kann einfach keine Geheimnisse für mich behalten."

Für einen Moment überkommt mich ein komisches Gefühl. Ich würde am liebsten im Erdboden versinken.

„Wie meinst du das? Hast du deinem Mann etwa erzählt, was ich so getrieben habe? Also, dass ich auf dem Portal unterwegs bin und eine Affäre hatte? Eine Fick-Freundschaft!"

Meine Herzensfreundin winkt ab. „Ganz falscher Dampfer! Viel cooler", schnauft sie und flucht leise, weil sie ihr Handy nicht auf Anhieb findet. „Ah, da ist es ja. Ich habe gewusst, dass meine Handtasche nichts verliert."

Wir lachen beide los.

Sie zieht ihr Handy heraus. „Ich lese dir mal kurz was vor. Okay?"

Ich nippe von meinem Cocktail. „Oookaaaay", sage ich langezogen.

Ich tappe völlig im Dunklen. Noch weiß ich nicht, was Anna im Schilde führt. Sofort rasen mir zig Gedanken durch den Kopf.

Was haben wir zuletzt gemacht? Ich grinse. Das war der Abend mit dem Fake-Profil. Danach war ich noch einmal bei ihr Zuhause zum Kaffeetrinken. Da war rein gar nichts.

Mist, so komme ich nicht weiter!

Ich überlege fieberhaft. Anna hat mich am Donnerstag angerufen. Wir haben über eine Stunde telefoniert. Gut, das ist nichts Besonderes, aber sie hat drauf gedrängt, dass wir am Samstag gemeinsam weggehen. Okay, auch das ist nicht außergewöhnlich. Allerdings wollte sie auch unbedingt zu Jackson gehen.

Anna blättert im Handy in ihrem Kindle-Konto. „Ah ja. Da ist es ja. Pass mal auf."

„Ich bin ganz Ohr. Aus welchem Buch liest du?"

„Egal."

Ich lache. „Dann mal los."

Ihre Stimme ist entspannt ruhig. „Gedankensplitter. Ich weiß nicht, wie lange ich schon gesucht habe. Ist es nicht immer so im Leben? Man sucht, weil man etwas vermisst? Man findet dies und das, findet jene oder jeden. Einiges scheint vielversprechend zu sein. Man bleibt, man geht Kompromisse ein. Nichts ist so, wie es den Vorstellungen entspricht. Dann … plötzlich", sie hebt ihre Stimme, um ein Spannungsmoment zu erzeugen. „… wie aus dem Nichts taucht ein Mensch auf. Er kommt, wenn man gar nicht damit rechnet. Es ist, als schreitet er durch den Nebel. Anfangs sieht man nur die Kontur, den Schatten. Alles ist verschwommen und zieht dennoch Blicke an, bindet Gedanken. Alles ist rätselhaft und etwas unheimlich. Es ist spannend und die Situation wirkt wie ein Magnet. Anziehend.

War in einem Moment noch jemand anderes im Fokus des eigenen Herzens gestanden, verblasst die Person im nächsten Augenblick. War man allein am Strand unterwegs, sieht man plötzlich eine zweite Spur im Sand.

Blicke fixieren sich, Blicke ziehen sich an. Es ist wie ein Zauber in der Nacht, wie eine Fata Morgana in deiner Gefühlswüste.

Ein erster, zarter Kontakt verfestigt sich. Helles Licht lässt den Schatten zerfallen und dein Traum ist zum Menschen geworden. Ein Mensch, den man halten, spüren und schmecken kann.

Ein Mensch, der einem die Hand reicht und sagt, komm, lass uns gemeinsam die Sterne erobern.

Plötzlich ist alles farbenfroh und bunt. Plötzlich ist man glücklich und plötzlich flattern zig Schmetterlinge im Bauch herum.

Alles nur Gedankensplitter eines verlorenen Traumes oder Realität.

Blick nach vorn und du wirst es sehen."

Anna legt das Handy zur Seite. Ich bin komplett baff. Starre sie an und meine Augen werden ein klein wenig feucht. „Das ist wunderschön", würge ich hervor.

Sie räuspert sich. „Mir ist diese Woche etwas passiert und dann sind mir diese Zeilen wieder eingefallen."

Die Bedienung kommt an den Tisch, sie trägt ein großes Tablett. „Künstler-Toast?"

„Das ist meiner", sage ich.

Wenn ich hier Toast esse, denn den *Künstler-Toast*. Das ist eine genial-kreative Mischung von *Surf and Turf*. Zwei Toasts auf einen Teller. Einmal extrem feines Filet-Steak auf Salatbett mit Tomate, Jalapeños und der unverwechselbaren selbst gemachten Haus-Soße. Manche sagen, das ist die Luxus-Variante des Porked-Beef-Burgers. Der andere Part ist mit gegrillten Garnelen und Gemüse belegt. Ein Gedicht. Nicht billig, aber jeden Cent wert.

Anna hat sich für den *Mexican-Toast* entschieden. Einmal gefüllt mit dem besten Chili *con Carne*, außer selbst gemacht, und einmal mit den knusprigsten Hähnchenfilets ever belegt.

Dazu teilen wir uns *Potato Wedges*.

„Darf es noch etwas zu trinken sein?"

Anna hebt zwei Finger.

Ich nicke und sage: „Scheiß drauf. Heute ist Samstag und wir haben Mädels-Abend."

Sie bestellt zwei *Desperados*.

Die Kellnerin geht.

„Zum Essen schmeckt das einfach und danach gönnen wir uns noch einen schönen großen Cocktail", sage ich und schiebe die erste Gabel vom Filet-Toast in den Mund. Saftig, knusprig, elegant. Ich schwärme und schließe die Augen.

Anna geht's mit ihrem Chili con Carne-Teilchen ähnlich. „Göttlich", kommt es kaum verständlich.

Ich schlucke hinunter. Das Bier wird serviert. Wir stoßen an.

„Sag mal, um da weiterzumachen, wo wir vorhin aufgehört haben", versuche ich an das Gespräch anzuknüpfen. „Du sagtest, dir wäre etwas passiert."

Anna schiebt sich den nächsten Bissen in den Mund, kaut genüsslich und meint nur: „Lass uns doch zuerst essen, dann quatschen wir in Ruhe und ohne Kauunterbrechung. Wir reden, während wir den Cocktail schlürfen."

Da auch ich schon wieder etwas vom Toast nachschiebe, stimme ich zu.

Wir genießen das Essen. Meine kurzfristig aufgetauchten Gefühls-Schatten haben sich verzogen und ich bin in bester

Laune. Die Neugierde, was meiner besten Freundin widerfahren ist, bringt mich schier um.

Ich bin heilfroh, als wir fertig sind und die Teller abgeräumt werden. Die Cocktailkarte brauchen wir nicht. Anna bestellt wieder für uns beide. „Zwei Mojitos – XL!"

„Hey, gibt's was zu feiern? Ist das das Geheimnis?"

Sie druckst ein wenig herum. „Hm … zum Feiern vielleicht, ich denke schon, aber es hat nichts mit mir zu tun."

„Ach komm, Anna. Jetzt raus mit der Sprache!"

Sie zögert die Antwort noch hinaus, wartet bis die Cocktails am Tisch stehen. Wir stoßen an. Anna grinst, als hätte sie im Lotto gewonnen. „Ich war am Mittwoch einkaufen."

„Toll", sage ich und lehne mich zurück.

„Da habe ich Markus getroffen."

Ich überlege. „Welchen Markus?"

Anna lacht. „DEN Markus."

Ich komme nicht drauf. „Welchen *DEN* Markus?"

Wieder lacht sie. Ich könnte sie in diesen Moment erwürgen. „Oh Mann, Anna!", schimpfe ich.

„Deinen Kaki-Mann."

Augenblicklich höre ich auf, neugierig hin und her zu zappeln und hänge wie gebannt an ihren Lippen. Ich bekomme keinen Ton heraus. Wilde Gedanken rasen umher. Sie hat den Kaki-Mann getroffen. Sie haben sich einander vorgestellt. Er heißt Markus. Sie ist mega-gut gelaunt. Haben sie miteinander gevögelt? Ist er ihr Affären-Mann? Ich spüre bei diesem Gedanken einen kleinen Stich im Herz.

Anna wirkt lässig, cool und erhaben. „Er hat sich über dich erkundigt."

Ich bin gedanklich wieder hier und vollkommen überrascht. „Über mich?"

„Ja, Kati. Er steht voll auf dich! Wir haben für heute etwas ausgemacht." Ihr linker Arm huscht vor. Ein Blick fällt auf die Uhr. „Er müsste in zehn Minuten hier sein. Markus möchte dich unbedingt kennenlernen."

Mein Herz hüpft. Ich ringe nach Worten. „Hättest du doch nur was gesagt. Wie sehe ich aus? Man, ich hätte etwas ganz anderes angezogen."

„Bleib cool, Kati. Du siehst toll aus."

Ihr Blick fährt hoch. Ein Schatten fällt auf den Tisch. Vor uns steht er.

„Hallo zusammen", er sieht mich an. „Hi, ich bin Markus. Schön, dass wir uns endlich mal richtig kennenlernen."

Eine Stunde später verabschiedet sich Anna.

Markus und ich bleiben bis, die Stühle hoch gestellt werden. Wir lachen viel. Erste zarte Berührungen mit den Beinen lassen das Herz hüpfen. Irgendwann touchieren sich unsere Finger, fädeln ein und wir halten Händchen.

Es gibt Menschen, die mag man von Beginn an. Es gibt Menschen, mit denen versteht man sich auf Anhieb und man glaubt, man kennt sich bereits seit Jahren. Und manche von diesen Menschen sehen auch noch verdammt gut aus.

Markus erfüllt alle drei Punkte.

Auf dem Nachhauseweg gehen wir eng umschlungen. Mein Herz rast, mein Puls trommelt und im Bauch schlüpfen erste Schmetterlinge. Ein paar von ihnen flattern sogar schon wild herum.

Bei dem Gedanken, mit Markus im Bett zu landen, wird meine Muschi ganz feucht.

Wie sein Schwanz wohl aussieht? Ich möchte ihm am liebsten jetzt und hier schon einen blasen. Outdoor, mitten in der Stadt. In einem der Hinterhöfe wäre es vielleicht möglich. Was er wohl dazu sagen würde?

Ich erwische mich dabei, wie ich mich nach einer geeigneten Stelle umsehe und verwerfe im gleichen Augenblick dieses Vorhaben.

Später, denke ich. Und dann voller Genuss.

Ich stelle ihn mir nackt vor. Ich möchte ihn spüren, fühlen, streicheln.

„Woran denkst du gerade?", fragt er in diesem Moment.

„Ach, an nichts", antworte ich und grinse dabei. „Ich bin einfach nur glücklich. Es fühlt sich so gut an."

Ende

© Dating 2 by Katrin Sonnenstrahl